海 狼

[美]杰克·伦敦／著　李菲／编译

内蒙古出版集团
内蒙古文化出版社

图书在版编目（CIP）数据

海狼/（美）杰克·伦敦（London,J.）著；李菲编译. —呼伦贝尔：内蒙古文化出版社，2012.7

ISBN 978-7-5521-0082-2

Ⅰ．①海… Ⅱ．①杰… ②李… Ⅲ．①长篇小说－美国－近代－缩写 Ⅳ．① I712.44

中国版本图书馆 CIP 数据核字（2012）第 170776 号

海狼

（美）杰克·伦敦（London,J.）著

责任编辑：白　鹭

出版发行：内蒙古文化出版社
地　　址：呼伦贝尔市海拉尔区河东新春街4付3号
直销热线：0470-8241422　　邮编：021008

印　　刷：三河市同力彩印有限公司
开　　本：787mm×1092mm　　1/16
字　　数：200千
印　　张：10
版　　次：2012年10月第1版
印　　次：2021年6月第2次印刷
印　　数：5001-6000
书　　号：ISBN 978-7-5521-0082-2
定　　价：35.80元

版权所有　侵权必究

如出现印装质量问题，请与我社联系　联系电话：0470-8241422

阅读说明书

内容简介

　　《海狼》是美国现实主义作家杰克·伦敦的长篇名著之一。小说描写的是在一艘名为"恶魔号"的猎海豹船上发生的一系列触目惊心的事。小说中的"海狼"不仅是船长的名字,对作者而言,也是超人的代名词,作者通过惊心动魄的故事情节带领读者进入一个豪放、粗犷、荒凉的世界,体验蛮荒生活的冷酷无情,感受原始生命的壮美;同时这部小说还揭露了资本主义社会的弊端,表现了作者对以水手为代表的广大劳动人民顽强意志的歌颂和苦难生活的同情。

　　《海狼》一度被公认为是海上题材中写得最精彩的小说之一。这个故事动人心弦而且诗意十足。故事取材于作者在北太平洋捕捉海豹的亲身经历。《海狼》中关于"恶魔号"猎豹船、其航行路线、海上的气候变化以及猎手与水手海上生活等许多内容都是杰克·伦敦的亲身经历和经验。小说塑造了海狼和凡·卫登两个个性鲜明的人物形象,通过两者在思想上的冲突反映出了作者对人生哲学的一些思考,反映了理想主义和现实主义之间的冲突,也反映了文明与野蛮之间的冲突。

　　小说中还有大量诗歌的展现,以及对美好爱情的歌颂,使它成为了一部激情四溢,充满生命力的作品。

作者简介

杰克·伦敦于1876年1月12日出生在美国旧金山。他从小生活在贫困不堪的底层阶级，在一个既无固定职业又无固定居所的家庭中长大。

因为贫穷，杰克·伦敦从10岁起就不得不半工半读。17岁时他上了一艘捕猎船做水手，经过朝鲜、日本，到白令海一带去猎海豹。这为他的海洋小说提供了宝贵的素材。《海狼》里描写的猎海豹船的丰富生活便是一个精彩的例子。

1893年，远航归来的他以自己的经历为题材写成了一篇散文《日本海口的台风》，并在一次作文比赛中荣获了第一名。只受过小学教育的杰克·伦敦第一次显露出他的创作才能。从此，他走上文学之路。

1895年，19岁的杰克·伦敦进了奥克兰中学，准备考大学，同年，他加入了社会党。在奥克兰中学读书时他在学校的报纸上发表了小说《小笠原群岛》，受到好评。从此，他从事文学的兴趣更浓厚了。

1897年，杰克·伦敦踏上了淘金之旅。路途中他读了许多书，如达尔文的《物种起源》，斯宾塞的《首要原理》、马克思的《资本论》，还有弥尔顿的《失乐园》和布朗宁的诗。这些在《海狼》里都有出现。

1900年，24岁的杰克·伦敦出版了第一个小说集《狼子》，立即名震美国。

在接下来的16年里，杰克·伦敦共写了19部长篇小说，150多篇短篇小说，还写了3个剧本以及相当多的随笔和论文。他是一位相当多产的作家。其中最为著名的中长篇小说有《野性的呼唤》《海狼》《白牙》《马丁·伊登》和一系列短篇小说《热爱生命》《老头子同盟》《北方的奥德赛》《马普希的房子》《沉寂的雪原》等。

杰克·伦敦的作品笔力刚劲，语言质朴，情节具有戏剧性。他常常将笔下人物置于极端严酷的环境之下，以此展露人性中最深刻、最真实的品格。

1916年11月21日，杰克·伦敦因服用了过量的吗啡去世，年仅40岁。

海 狼
Hai Lang

目 录

第 1 章　祸从天降 (精读) 1
第 2 章　死而复生 7
第 3 章　残酷生活的开始 (精读) 12
第 4 章　绅士的耻辱 20
第 5 章　武力当道 (精读) 23
第 6 章　惊险一幕 27
第 7 章　赤道之夜 33
第 8 章　利己主义者 35
第 9 章　用匕首维护尊严 (精读) 39
第 10 章　海狼的身世 (精读) 44
第 11 章　生命的价值 47
第 12 章　暴力的狂欢 (精读) 50
第 13 章　平静后的大暴动 55
第 14 章　当上新大副 (精读) 61
第 15 章　惶恐不安的日子 65
第 16 章　遭遇大风暴 68
第 17 章　海上漂来的女人 (精读) 73
第 18 章　见死不救 77
第 19 章　海上遇知音 (精读) 80

海 狼
Hai Lang

目 录

第 20 章　弱者 85
第 21 章　爱神光临 90
第 22 章　"恶魔号"遭遇"马其顿号"(精读) .. 92
第 23 章　海狼的反击(精读) 97
第 24 章　再见，撒旦 103
第 25 章　开始海上生活 107
第 26 章　海上的磨难(精读) 109
第 27 章　求生岛上的生活 112
第 28 章　我们的家 115
第 29 章　恶魔现身(精读) 119
第 30 章　海狼瞎了(精读) 124
第 31 章　修理"恶魔号" 127
第 32 章　海狼的恶作剧 131
第 33 章　擒住海狼(精读) 133
第 34 章　慢慢变小的酵母 138
第 35 章　只剩下灵魂 143
第 36 章　重获新生(精读) 145

第1章 祸从天降（精读）

名家导读

故事从一次海上旅行说起，故事中的"我"乘坐一艘航行过四五次的新船去看望朋友，不料这艘船却在途中与一艘小船相撞。船沉入了海里，"我"在海水中艰难地求生，就在绝望之时，"我"看到了远方驶来一艘船。

该从哪里说起呢？

有的时候，我觉得一切可笑的事都是因菲鲁赛思而起。如果不是因为去看望他，我就不会航行在旧金山的海湾之中。不过，庆幸的是我乘坐的"玛定尼号"是安全的。它是一艘仅航行过四五次的新船。在一个寒冬的浓雾弥漫的早晨，我陶醉在朦胧的雾景中，思绪在想象中穿行，还不知道接下来有一场巨大的灾难在等着我。

那时候，我正在思索社会分工的好处。心想，正因为社会有了分工，我才不需要了解有关航海的知识，也同样能渡海去看望我的朋友，因为只要船长和舵手掌握了这些知识就行了。如此一来，我可以把更多的时间用在自己感兴趣的事情上。比如说，这个时间我可以做一些文学研究。上船的时候，我恰好遇到一位举止文雅的人，他正在专心地阅读我发表在《大西洋月刊》上的一篇文章，这恰恰说明每个人都有自己的兴趣。

阅读理解

浓雾的早上，平静之中会让人感觉到一丝不安，这为后面灾难的发生埋下伏笔。

"砰！"猛的关门声把我吓了一跳。一个脸色红润的汉子关上了他身后的舱门，然后走上甲板。他朝操舵室望了一眼，接着就慢慢地在甲板上走来走去，样子像是装了两条假腿。他凝视着周围的浓雾，后来，他走到我身旁，脸上露出一副很得意的神情。我敢说他一定是一个老水手。

"如此糟糕的天气，真是头发都要急白了！"他朝着操舵室说道。

我回答说："不用紧张，这很简单，舵手们可以通过罗盘掌握方向，他们还知道距离和速度，而且几乎和数学一样精确，不会出什么事的。"

"不紧张？像数学一样精确？"他哼着鼻子道。

他的身子向后倾斜，瞪了我一眼，"你知道奔出金门的海潮吗？"他怒吼着，"潮水退得非常快！流速是多少你知道吗？这是一个警钟的浮标，我们就站在它的顶上。看，他们正在改变航向呢！"

一阵阵悲凉的钟声从浓雾里传来，我们的汽笛声也缓缓地向外传出。那人又向我介绍了各种汽笛声，哪些是蒸汽帆船的，哪些是平底帆船的，他都非常清楚。

突然，一只小蒸汽船伴着急促的鸣叫声向我们驶来。为了避开它，我们船上的推进器都停止运转了。庆幸的是，只是虚惊一场，这艘小蒸汽船只是跟我们擦肩而过。于是，那红脸汉子对着小船大骂了一通。

我再一次陷入了深深的沉思，神奇的雾、无奈抗争着的人类，这一切都是那么发人深省。又过了一会儿，红脸汉子的声音再一次把我从幻想中拉回，"听！有船向我们驶过来了。"他激动地说，"听到了吗？有一艘船向这边开过来了。风是逆着吹的，它一定没有听到我们的汽笛声。"

"那是渡船吗？"我忙问道。

阅读理解
生动形象地表现了一个老水手粗鲁又急躁的性格。

他用力地点点头,"我想是的,不然它怎么会开那么快呢?那艘船上的人一定慌了神。"

我向上望了望,只见船长的半截身子都探出了操舵室,他也在专心地凝视着不远处的浓雾。他和红脸汉子一样,看起来都很紧张。红脸汉子走到栏杆边,屏住呼吸地盯着即将冲过来的小船。

灾难果真降临了。

浓雾之中猛地蹿出来一艘蒸汽船,船的两侧被团团的雾气包围着。我看见那艘船的操舵室里站着一个白胡子的老人,他身穿一套蓝色的制服,脸上居然流露出无比沉静而安详的表情,他看上去,像是正在冷静地估量着这次撞击。他用安静、沉思的目光扫过我们,好像是要确定一下冲撞的位置,而我们船上的舵手却惊慌失措地朝小船怒吼道:"你在干什么好事?!"

红脸汉子突然朝我大叫，他严厉地、满含痛苦地说："快抓紧，千万不要放手！"

我还来不及照他说的去做，两艘船就猛地撞在一起了。过了一会儿，我感觉到我们的船在慢慢地向海里倾斜，并且我还清楚地听到木料被压断的声音。我已经支撑不住了，倒在了甲板上，只能听见船上女人们歇斯底里的喊叫声。惊慌的人们四处逃窜。我很想站起来，去船舱内拿救生圈，但是却被混乱的人群挤到了一边。

后来发生了什么，我已经记不太清楚了，只是直到现在，在我的脑海里还留着一些清晰的画面——船舱的断裂处升起灰色的烟雾，船上四处散落着行李、阳伞和披肩，模糊之中我看见阅读我文章的那位男士追问我是否有危险，红脸汉子非常勇敢地将救生圈扣在从他身旁跑过的人们身上，接下来就只听见女人们的尖叫声了。

她们的尖叫声凄惨而疯狂。她们身穿色彩斑斓的衣服，脸色显得异常苍白。她们张大了嘴巴哀号着，那声音简直和一支无比混乱的合唱队差不多。这样的场景让我忍不住笑出了声音。又过了一会儿，我也突然慌张起来，我这才意识到，这些可怜的女人，就像是我的母亲和姐妹一样，她们这样疯狂地喊叫是因为她们害怕面对死亡啊！

我站起身来到甲板上，我的内心充满了恐惧。船上所有的人都慌了神，他们竭尽全力地朝水中的救生艇奔去。可是由于他们太慌乱了，导致好多救生艇都无法顺利放进海里。一只挤满了女人和孩子的小艇，船员们由于慌乱忘了装上艇底的塞子，船里涌进了海水，船最终翻了。另一只小艇的一头被放了下去，而另一头却被勾住了。

我们的船还在迅速地下沉着。船上的人想跳下水，而水里的人却又嚎叫着想要再次爬到船上来，可这时候已经没有人会理会他们

阅读理解

这体现了"我"在撞船之后的心理活动，从嘲笑怕死的女人们，到自己也陷入恐慌，再到已经感觉到死亡的逼近。

了。我也在惶恐之中跟着人群跳进了海里。水异常的寒冷，刺骨的海水像无数根钢针一样，扎在我的身上，我的全身就像被火烧一般的疼痛，简直是痛入骨髓。现在，我终于明白为什么那些落水的人想要重新回到船上了。那些可怜的人们在我身旁无助地呼喊着、挣扎着。最后，我靠着救生圈的浮力，浮到了水面上。恶心的鱼腥味的海水把我的肚子都撑满了。

我已经感觉到自己在渐渐失去知觉，但是我知道我还活着。我感觉到身体正在被麻木侵袭，而且这种麻木感已经慢慢地向我的心脏进军了。我的双脚已经失去了知觉，冰冷的海水不断地冲刷我的头，我又喝了不少恶心的海水。这下真够我受的。

嘈杂声渐渐在我的耳边淡去，换之是一阵绝望的哀鸣。我很清楚地意识到，"玛定尼号"彻底沉没了。

又不知过了多久，我猛然惊醒。我周围没有人，也没有喊叫的声音了，我能听见的只是一阵阵浪涛声。在一群人中承受恐惧远比一个人独自承受要好得多。我开始感到害怕。我这是在哪里？我将漂流到哪里去？这个救生圈能保证我的安全吗？这个救生圈是用纸和灯芯草做成的，非常容易被毁坏，最要命的是我不会游泳。我完全慌了神，开始像那些女人们一样尖叫起来。

我就这样在海里不知道漂了多久，当我再次醒过来时，我感觉好像已经过了好几个世纪。这时，我在浓雾中看见一艘船正像我这个方向驶来，它的帆被风吹得猛烈地鼓荡、拍击着。我很想求救，可是我早已说不出一个字来。船就这样与我擦肩而过，细碎的水花溅到我的头上。我试图拼命地抓住船板，但是手臂却使不上一点儿力气。

船尾从波涛的空隙中慢慢变得模糊。我隐约间发现舵轮旁站着两个人，其中一个人正悠闲地抽着雪茄，他似乎漫不经心地朝我这边瞥了一眼，却又好像没有注意到我。

而他这一瞥似乎也就决定了我的生死。

那条船离我越来越远了，只见那个抽雪茄的人慢慢地把头转过来，目光投向了水面，顺着波浪向我这边看过来。他脸上没有任何表情，似乎在思考着什么。当我们的视线交汇的一刹那,他立刻跳到舵轮旁,推开船上的另一个人,急忙将船转向。船改变了原来的航线,再一次钻进了浓雾中。

我感觉到自己渐渐失去了知觉,但是我仍然强打起精神来,努力让自己保持清醒。过了一会儿,划桨声和人的呼唤声从不远处传了过来,而且越来越近。忽然,我听见一个不耐烦的声音嚷道:"难道你不要命了吗?为什么不求救?"我猜想应该是刚才那个抽雪茄的男人在跟我说的,但是我很快就失去了意识,并陷入无边的黑暗中。

名家点拨

这一章交代了故事的起因,为下面故事的发展做了一个很好的铺垫,环环相扣的情节吸引着我们跟着故事中的"我"一起开始一段惊险而神奇的旅程。

第2章 死而复生

名家导读

"我"慢慢地睁开眼睛,发现自己处在一个陌生的环境中,一群陌生的人围绕着"我",他们像是来自另外一个世界。"我"被一艘猎海豹船救了,却又因此陷入了另一个旋涡,那些"野蛮人",那些触目惊心的场面,让"我"震惊不已。

我感觉自己在梦里一般,像荡秋千似的摇来摇去,耳边还响起了敲锣打鼓的声音。过了好一会儿,我又好像坠落到了沙地上,炎炎烈日灼烧着我的皮肤。阵阵锣鼓声依然萦绕在耳边,好像整个宇宙都快要崩塌了。

我感觉呼吸十分困难,慢慢地,我睁开了双眼。模糊中,我看到有两个人在给我做急救。原来船在海面上随波前进才会来回摇荡。锣鼓只是一只挂在壁板上的平底锅,船每晃动一下,它就会发出叮当的响声。那沙地呢?原来是有一个人用他粗糙的手在我胸口上摩擦。我痛得禁不住扭动起来,微微把头抬了起来。

"他醒了,扬森。"有个人开口说道,"你看你都快把这位先生的皮蹭下来了。"

我眼前那个叫扬森的人看起来应该是北欧人,身体很魁梧。扬森听了那人的话,停止了摩擦,笨手笨脚地站起身来。而刚才说话的那个人脸上线条很明朗,整个人很文弱,很像一个秀气的女孩子。他穿着一件肮脏的粗麻外衣,头上戴着一顶污浊的小棉帽。而那件衣服就像布袋似的,一直遮到他的屁股。看上去,他是一个不太爱干净的厨子,而我此刻就在厨房里。

"先生，你觉得好些了吗？"厨子笑得很假，带着一副讨好表情。

我微微挪动了一下身子，做出要起身的样子。我被扬森扶了起来。平底锅叮叮当当的声音让人感到厌烦，我伸出手，把那个讨厌的平底锅拿下来，将它放进煤箱里面。

厨子把一杯冒着热气的咖啡塞到我手里，接着又冷笑了一声，他应该是对我刚才的举动很不满。我抿了一口，发现船上的咖啡实在是太难喝了，简直让人想吐，但它的温热可以帮助人恢复活力。喝咖啡时，我低下头看到了自己满是血迹的胸膛，便抬头望向扬森。

"我很感谢你，扬森先生。"我带着讽刺的语气说道，"你包扎得实在太好了！"

扬森似乎察觉到了我的不快，便下意识地摊开他那双满布老茧的双手，装出一副正在检查的样子。

"我不叫扬森，我叫琼森。"他的英语说得很棒，语速很慢，只是有些重音似乎发不太清楚。他有些不高兴了，但话语中还是流露出一种谦逊与坦诚，一瞬间他赢得了我的好感。

"谢谢你，琼森先生。"我意识到了自己的错误，主动伸出了手。

他羞怯地迟疑了一会儿，随后他鲁莽地抓住我的手，亲热地拉了一下。

我把脸转向那个厨子，向他要件衣服。厨子兴冲冲地答应了，很快溜出了厨房，为我找了件衣服。我想琼森应该是船上的水手，于是便问他我在哪里，这艘船是要开到哪里去的。

"我们正要离开法拉隆海湾，向西南方驶去。这艘帆船叫'恶魔号'，是要去日本捕海豹。"他缓慢而有礼貌地回答了我，他很认真地说着每一个字，并严格按照我提问的顺序。

"船长是谁？等我穿好衣服就去见他。"

琼森的脸马上露出惊慌窘迫的神情。很明显，他正努力地从脑海里找出合适的词来回答我，"船长是海狼，大家都这样称呼他。我从来没有听到过他有另外的名字。你同他说话时要尽量温柔一些。今天早晨他像发了疯一样。船上的大副——"

还没有等他说完,厨子就走了进来。

"你最好给我滚出去,扬森。"厨子很不客气地说,"老大现在要你到甲板上去,你今天可别冒犯他。"

琼森很温顺地走出门,走到门口,他又回过头来看了我一眼。这一眼仿佛是要交代我什么,我想应该是要我对船长说话时一定要婉转。

厨子的手臂上挂着一件为我准备的一身皱巴巴的、发着臭味的衣服。

"这身衣服还没有晒干,先生。你就勉强将就一下吧,你的衣服我会尽快烤干的。"他说。

船荡来荡去的,我根本无法站稳。我在那个厨子的帮助下,穿上了这件又粗又硬的羊毛汗衫。我的身体由于接触到粗糙的衣服而微微颤抖起来。他看到我哆嗦得厉害,便冷笑着说:

"我想您的生活一向都很尊贵吧!瞧您的皮肤白白嫩嫩的,就像女人的皮肤一样,我一看您就知道,您是一位绅士。"

我一开始就很不喜欢他,现在,这样的情绪更加强烈了。再加上这一屋子令人恶心的味道,我想马上离开这鬼地方,去外头呼吸呼吸新鲜空气,再去和船长商量一下我要怎样才能返回到陆地。于是,我问厨子:"我应该向谁表示感谢呢?对于这次救命之恩!"

厨子站在一旁,一副谄媚的表情。凭我以前坐船的经验,我猜想他一定是在等小费。

"我叫马格里奇,先生。"他脸上露出谄媚的笑容,继续奉承道,"是马格里奇伺候您的,先生。"

"谢谢你,马格里奇。等我的衣服干了,我会把小费给你。"我说。

"先生,真是太感谢您了!"他似乎感激涕零了。

门打开了,我来到了甲板上。一开始,我以为船上的人会很关注我。但是没有谁留意我,除了一个舵轮旁的水手正惊讶地看着我外。

船上所有的人都望着船的中央。一个身材很魁梧男人的仰卧在舱口的盖板上,他的穿着很整齐,只有衬衫的扣子是解开的。他似乎失去了知觉,大口大口地喘着粗气。一个水手把海水泼在他身上,一桶接一桶的。

这时,一个"野蛮人"叼着雪茄在舱口走来走去。原来就是他那漫不经心的一瞥,发现了海里的我,才把我救起来的。他身高差不多有一米八,但高大的身躯并不是他给我的第一印象,他给我的第一印象是他非凡的力量。他虽然很魁梧,但身体很瘦,看起来就像一只大猩猩。我不是说他长得像大猩猩,而是他那野蛮、强大的力量,和他的外形一点儿也不相符。

这时,厨子从厨房探出头来,向我指了指那个叼着雪茄的人。我即刻明白了,他应该就是船长。我准备请求他把我送回到陆地。当我想朝他走去的时候,地上躺着的大胡子的状况看起来似乎很不妙。

那位被称作"海狼"的野蛮人,停了下来,俯视着奄奄一息的人。站在一旁的水手已经停止泼水了,不知所措地站在一旁。那个可怜的受刑者用脚后跟在甲板上不停地敲打着,双腿伸得很直,脑袋也不停地左右晃动。又过了一会儿,他的头也停止了摇动,渐渐瘫软下来,他的嘴里发出一声叹息,让人感觉似乎他终于得到了解脱。他就这样死了,他的脸上好像流露出一丝恶魔般的冷笑,他笑这个抛弃他、玩弄他的世界。

然后,我吃惊地听到海狼对着死去的人大骂起来,每一句都是诅咒和辱骂。他的声音就像劈里啪啦的电火花,不知骂了多久。我甚至从来不知道世间还有这些词语。我一直以来都很留意文学的表达,也喜欢有力的词语。我敢说,只有我一个人能够欣赏海狼那不留情面却又生动有力的比喻。我猜想,死者应该就是船上的大副,他可能因为生活不检点,染上了什么疾病,然后就这样死掉了。他的死使海狼失去了一名得力助手。

看到这样的情景,我很震惊,也很沮丧。死亡对我来说,一向是一件庄严肃穆的事。然而在这里,我亲眼目睹了如此肮脏且没有尊严的死法。海狼的咒骂更是让我目瞪口呆。这种恶毒的咒骂,足以让死去的人都惊慌失措。这时候,如果死者被海狼的辱骂激得猛然烧起他的黑胡子,我也不会觉得奇怪。但是死者仍然带着那戏弄的嘲笑,面不改色地躺在那,就好像他才是老大一样。

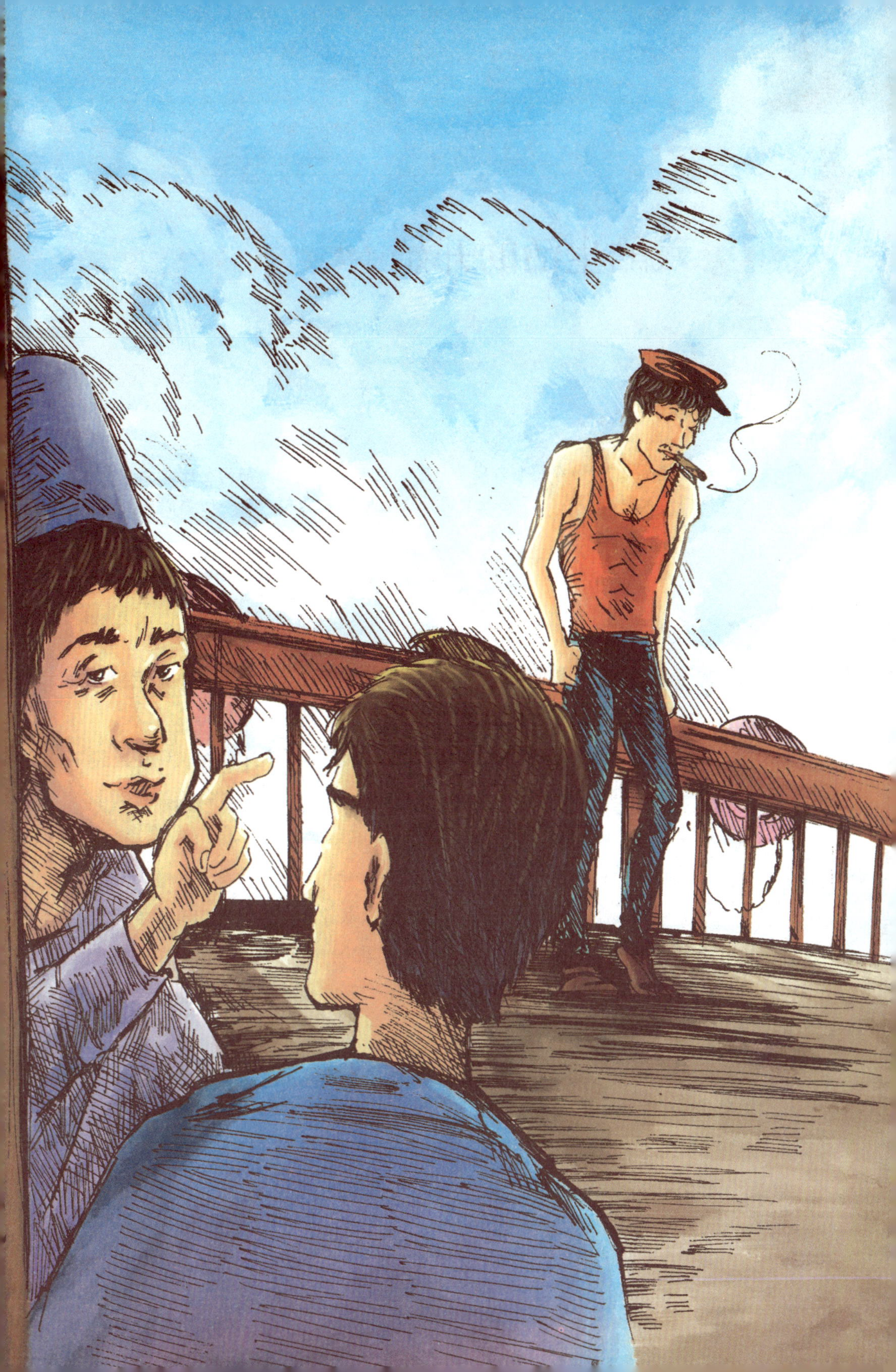

第3章 残酷生活的开始（精读）

名家导读

在这艘船上，一切都是那么残忍，完全超出了"我"所知的道德与人性范围，此时，"我"只想赶紧离开这艘地狱般的船，可一切都似乎太晚了。

海狼突然停止了辱骂。他点了一支雪茄，环顾了一下四周，最后目光定到厨子身上。

"厨子，你是不是把脖子伸得太长了，这样可不好。大副现在已经死了，我可不想让你也丢了性命，你应该照顾好自己，窝囊废，听到了吗？"最后一句语气阴冷得让人害怕。

"是的，船长。"厨子低声回应。

厨子受到了海狼的斥责，水手们也都默默散去，各做各的事情了。但是，还有一些人聚集在位于厨房和舱口之间的一个平台上。他们和那些水手不一样，后来我才知道他们是猎手，比一般的水手地位高，他们专门捕猎海豹。

"约翰森！"海狼突然大叫一声，一个水手乖乖地跟了上去，"把你的掌盘和针拿来，把那个死人缝上。"

"厨子！"海狼又大吼了一声。

马格里奇像一根弹簧一样一下子从厨房里跳了出来。

"到下舱装一袋煤。"海狼说道。

海狼又问猎手们和水手们："谁有《圣经》或祈祷书吗？"

大家都摇头。海狼耸了耸肩，说："那咱们就直接把他扔下去吧，也不用说些什么废话了，让他自己为自己举行海葬吧！"

这时，他忽然转过身来问我，"你是传教士？"

六个猎手齐刷刷地转向我，看到我傻呆呆的样子，他们粗野地大笑起来，真是一点儿都不懂教养和礼节。

海狼没有笑，但他的眼中露出愉快的神情。我慢慢走近他，对他有了一个更新的印象：他有一张方方正正的脸，轮廓刚硬分明，下巴和额头也都很结实；他的眼睛又大又漂亮；他的体内好像潜藏着一种巨大能量。他如同一个真正的艺术家，以无穷的变化来掩饰他的灵魂。

> **阅读理解**
> 本段刻画的海狼与之前的野蛮形象形成鲜明的对比，让人忍不住想要了解海狼究竟是一个怎样的人。

继续言归正传。

我礼貌地回答他，我不是传教士。他很不客气地问："那你究竟是干什么的？"

我愣了一下，因为从来没有人这样问过我，我也从没想过这个问题。我只好吞吞吐吐地回答说："我——我是一名绅士。"

他嘴角翘了起来，轻蔑地一笑。

"但是我工作过，我真的在工作。"我辩解着，好像海狼此时是大法官一样。跟他讨论这个问题，我简直是在犯傻。

"你是为生存而干活吗？"

他摆出一副命令的样子，弄得我像个站在严师面前的小学生。

"那谁养活你？"他又问。

"我有收入，请原谅，我认为这一切与你无关。"我断然回答。

但是他完全不理会我的抗议，"谁赚钱养活你?我想，是你爹吧！你靠死人的遗产生活，你没有能力养活自己。让我看看你的手。"

在我没有防备时，他已经捏住了我的右手，仔细观察起来。

就在这时，我看见死者衣服袋子里的东西都已经被倒在甲板上。水手约翰森正在用线缝装死者用的袋子，为了把钢针顶过去，他手里拿着皮制的掌盘。

海狼轻蔑地一笑,说:"托祖先的福,你的手才这么细嫩白皙。除了洗碗和打杂,你没有任何用处。"

"我要上岸!我可以赔偿你所有的损失。"我开始镇定下来。

他露出惊奇的表情,同时又流露出一丝讥笑的神色。

"我有个提议,我的大副死了,船员的职位也发生了些变化。船舱的跑腿升为水手,你正好可以补上这个跑腿的空缺。我们签合约吧!包食宿,一个月还有20块钱。在这里你可以学会如何独立生存,这可是你的运气。"

我不理会他。就在刚才,我看见西南方有一艘船,正朝我们疾速驶过来。

我说:"我想,那艘船会与我们相遇。它和我们的船方向正好相反,应该是前往旧金山!"我心想:如果那样的话,它就可以把我带回家了!

"我想应该是的。"海狼简短地回答,然后大叫起来,"厨子!"

厨子赶紧溜出了厨房。

"把那个跑腿的给我叫过来。"

"是,船长。"马格里奇转身消失了。几分钟后,他带着一个十八九岁的粗壮小伙子回来了。小伙子看上去怒气冲冲的。

"他来了,船长。"厨子说。

"你叫什么名字?"海狼问。

"利奇,船长。"小伙子知道被叫来的原因,于是他板着脸。

"这可不是爱尔兰人该有的名字。"海狼嘲笑道,"就你这张脸,应该叫奥图尔或是麦卡锡什么的。"

小伙子似乎被激怒了,但又不敢说什么,只能紧握着拳头。

"好了,不管你叫什么,"海狼继续说,"现在你必须忘记你的名字。只要你安于本分,我照样可以喜欢你。你好像是在电报山港口上船的吧!难怪你的脸像电报山那么固执。但到了这儿,你必须改掉恶习,知道吗?告诉我,是谁安排你上船的?"

"麦克里迪和斯旺森公司。"

"叫船长!"海狼像头发怒的狮子。

"麦克里迪和斯旺森公司，船长！"小伙子也十分愤怒。

"是谁拿了预支的钱？"

"是他们，船长。"

"我想也是这样，动作可真够快的啊，你可别跟着他们偷偷地溜走了。"

小伙子突然一下子野性大发，吼道："那是……"

海狼的语气故意变得很柔和，却带着一丝威胁，问道："是什么？"

小伙子勉强压下了怒火，"没什么，船长。"

"那你就是承认我说的了。"海狼得意地一笑，"多大了？"

"16岁，船长。"

"撒谎！你身上的肌肉健壮得像一匹马，你应该早就过18岁了。到水手舱去，你升职了，知道吗？"

船长转过头来，朝着缝尸袋的约翰森问道："约翰森，你懂点儿航海技术吗？"

"不懂，船长。" 约翰森回答。

"不要紧，你现在是大副了，现在你可以把你的铺盖扔到后舱大副的位置上去了。"

"是，船长。"约翰森看起来十分快活。

但那个名叫利奇的小伙子还是站在那里不动。

"嘿！你还在等什么？"海狼不太高兴地问。

"我不是来做桨手的，船长。"

"快点滚回去！"

虽然海狼的命令很有威力，但小伙子还是站在那里一动不动。

海狼发怒了，他跳起来，狠狠揍那个小伙子的肚子。很快，小伙子的身体蜷缩起来，看起来就像是挂在竿上的一块湿布，划过一条小小的弧线，紧接着落在甲板上，最后滚到了尸体旁。

"那你呢？决定了吗？"海狼转过头来问我。

阅读理解

从"小伙子"被打之后的一连串动作，可以看出海狼的力气大得惊人。

我又看了看刚才的那艘船。它快要与我们并排了,我甚至能清楚地看到帆上的巨大数字。

"那是艘什么船?"我指着那艘船问。

"'太太号'领港船。"海狼不耐烦地回答,"它送走领港员后,便会回到旧金山。看这风速,船五六个小时应该就能靠岸了。"

"你能不能发个信号,让它把送我上岸?"

"不好意思,信号本掉进海里了。"他一说完,旁边的猎手都狂笑不止。

我已经看到海狼是怎么对付那可怜的小伙子了,而且我也清楚,自己很可能会受到这种待遇。于是,我做出了平生最勇敢的举动。我飞奔到船边,挥手大声喊叫:"喂——'太太号',请送我上岸吧!我会给你1000块钱!"

我期待着。突然,我惊喜地发现有两个人站在那艘船的船舱旁。其中一个人正在开船,另一个人把喇叭举到了嘴边。我现在已经无暇顾及海狼随时可能挥过来的恶拳,但奇怪的是,他半天都没有动静。我好奇地回过头来,海狼站在原地没有要动弹的意思,他只是轻松地点了一支雪茄。

"有事吗?"海狼不屑地问道。

"是的。"我坚定地回答他,然后继续朝那艘船用尽全力高喊着,"这是生死存亡的事!我给你们1000块,请送我上岸!"

"嘿,我的这个水手喝醉了!"海狼在我身后也大声喊。

"这个家伙,"他指着我继续说,"正在思考农夫和蛇的故事呢!"

"太太号"上的人冲着我们大笑起来,船就这样一晃而过。船舱旁的那两个人挥了挥手,说:"让那家伙见鬼去吧!"

我靠在船栏上,看着"太太号"越行越远,心里感叹,它只要再过五六个小时就可以到旧金山了!我的头像要爆炸了一样,喉咙也在隐隐作痛,心好像要掉出来似的。一个海浪打过来,又

阅读理解

"农夫和蛇"讲的是一个农夫救了一条蛇,反过来被蛇咬伤的故事。在这里,海狼是在暗示另一艘船上的人,不要救"我"。

咸又苦的海水溅到了我的嘴唇上。

过了一会儿，那个叫利奇的小伙子跌跌撞撞地站起来，脸色惨白，浑身抽搐不止。最终，他还是屈服于海狼的强力。

我还是固执地想用钱来解决问题，但是被海狼冷酷地打断了，我也只好无奈地顺从。

"你姓什么？"海狼粗暴地问。

"凡。"

"说'凡，船长'。"

"名字呢？"

"卫登，船长。"我改口道。

"年龄？"

"35岁，船长。"

"行了，去厨子那吧！"

我就这样被海狼奴役了。如今回忆起来，简直就像是一场噩梦。

然后，海狼突然又把我叫住了，他让约翰森喊来了所有休班的船员。按照海狼的命令，两个水手把大副的尸体放在了一个舱口盖上。我曾一度认为海葬是庄重的、神圣的，但是这次海葬打破了我原有的观念。那些粗鲁的猎手们时不时地发出大笑声；水手们也闹哄哄地走到船尾；其他休班睡觉的人揉着眼睛，低声交谈着，脸上露出哀伤、不安的神情。这次航行才刚刚开始就这么不吉利，真是让人不安！

海狼走到舱口盖前，所有的人都把帽子摘了下来。我趁这个时间望了望周围，数了数船上的人，加上我一共有22个。我不知道自己要和他们在这艘船上待多久。他们大部分是英国人和北欧人，水手们的表情迟钝麻木，猎手们的神情则要显得灵活生动得多。海狼的脸并不算凶恶，而且总是显出一副坚毅和决断的表情，看上去既率直又坦然。要不是亲眼所见，很难相信他曾经凶狠地揍过跑腿的利奇。

海狼开始讲话了。

"我只记得仪式的一部分了。"他说，"就一句话，'那躯体将被扔进大海'。那么，扔吧！"

他没有再说话。抓着舱口盖的人被这短促的葬礼弄得不知所措。这时，海狼又大声吼叫起来：

"把那一头抬起来，该死的，你们搞什么？"

水手们手忙脚乱地抬起舱口盖，接着，可怜的死者像狗一样跌入了海里，很快便消失不见了。

"约翰森！"海狼紧接着对新大副说，"把中桅帆和斜桅帆

阅读理解

从对这些人的表情、动作的刻画，可以看出他们对别人的死亡是麻木的，也看出他们对自己命运的忧虑。

收下,我们要碰到东南大风暴了。最好把三角帆和主帆也折起来。"

海葬只是一个简单的小插曲,一个不起眼的小麻烦。收到海狼的命令后,甲板上立即变得忙碌起来。水手们拉起、收回各种绳索,船又加速了。一切都恢复了平静,大家各忙各的,没有一个人为死者感到伤心。那被草草海葬的死者,就这样默默地沉了下去。

对于恐怖的大海来说,生命显得一文不值,那场生命的悲剧仿佛从来就没有发生过似的。这艘船继续向西南方驶去,驶向了浩瀚无边的太平洋。

名家点拨

在此章,人物纷纷出场,这些人都屈服于海狼的强权暴力下。他们对别人的死亡没有半点同情,生命在这里也一文不值。通过凡·卫登这个文明人的视角来审视着一切,更震撼,更具有冲击力。

第4章 绅士的耻辱

名家导读

凡·卫登就这样被迫留在了"恶魔号"上,做起了跑腿的工作,他受船上所有人的羞辱。一个养尊处优的绅士,该如何在这条地狱般的船上生存下去呢?

接下来的生活简直糟糕透了。以前巴结我的那个厨子,现在的态度完全转变了。他变得傲慢无礼,先前的卑躬屈膝都不见了。

厨子竟然让我叫他马格里奇先生,我真是完全受不了他使唤我做事时的那副架势。除了打扫四间特别的房舱,我还得在厨房打下手。但是,我什么都干不来,这让厨子更加瞧不起我了。他全然不顾我过去生活在怎样的环境中。还不到一天的工夫,他就成了我最痛恨的人。

第一天,"恶魔号"正驶过马格里奇所说的"哭号的西南风带"。那天,我过得异常痛苦。到了晚上5点半,我按照厨子的吩咐摆好桌子,把风暴天专用的盘碟放好,然后将茶水和饭菜从厨房里端出来。

"小心点,可别成了落汤鸡。" 马格里奇临出门时提醒我。当时,我正一只手提着茶壶,另一只手拿着面包。海狼则躺在甲板上抽烟。

"哦,来了,快跑!"厨子突然大叫一声。

为什么要跑?我正纳闷,海上突然涌起一片惊涛巨浪,怒吼着向我们的船袭来。我只知道危险在向我靠近,却完全不明白是怎么回事,愣愣地站在那没动。

海狼大喊道："快抓住点儿什么，书呆子！"

可为时已晚。我很想拉住索具，可一个浪头打来，我被淹没了。我被海水冲来冲去，几次撞上硬东西，右膝盖被狠磕了一下。后来，我被冲到下风处的排水口上。右膝剧烈地疼痛起来，我以为我的右腿断了。这时厨子瞪着我，厉声大叫：

"喂，难道你想在那里睡一觉吗！茶壶呢？掉到船外去了？真是脖子断了也活该！"

我挣扎着站起来，手里拿着茶壶，一瘸一拐地走到厨房门口。马格里奇一副气疯了的表情。

"你究竟都会些什么？说吧！连一个壶茶都送不到后舱，还要害得我重新来烧。"

"你不会在哭吧？"他又朝我发火了，"因为腿受伤了？哦，我的天，我的乖孩子！"

我没有抽泣，咬着牙忍了过去。此次事件给我带来两样东西：一是受伤的膝盖，由于一直没有包扎，我受了几个月的苦；另外则是"书呆子"的称呼，那是海狼在甲板上叫出来的。这个名字我也渐渐默认了。

房舱里坐着海狼、约翰森以及六个猎手，我在一旁服侍他们。房舱很狭窄，我又受伤了，船还晃来晃去的，走动起来实在困难。我被疼痛折磨得脸色苍白，但是那些人没有一点儿同情心，对我完全不理会。

但当我洗盘子时，海狼竟然稍稍安慰了我几句，"不要为这种小事发愁，以后就会慢慢习惯的。你会有一点儿瘸，可还是能走路的。"这让我禁不住要对他心存感激了。

"这就是你们所说的诡辩，对吧？"他反问道。

"是的，船长。"我点了点头。

"我想你大概懂点儿文学什么的吧？有时间我想跟你聊聊！"然后，他上了甲板。

那一晚，我被打发到猎手们住的地方睡觉。对此我很高兴，因为终于可以离开厨子了。晚上睡觉时，膝盖疼得要命，我坐在床上检查伤口，一

个叫亨德森的人瞥了我一眼，漫不经心地说："看起来很不妙，不过拿块纱布裹裹就没事了。" 此时，这六个猎手都在房舱里抽着烟，高谈阔论着，他们的安慰也只是如此而已。

要是以前受了伤，我肯定会什么都不干，就懒洋洋地躺着等一个外科医生来诊治。公平地说，这些猎手们不仅对我的痛苦一点儿也不关心，就是对他们自己也一样。他们早已习惯了这种痛苦，身体也不再那么敏感。而我却疼得睡不着，只能小声地哼哼，要是换作以前，我早就大声呻吟了。

这些猎手们都是野蛮人，大事上能够忍耐，遇到小事时却像孩子一样。此时，叫克富特和拉蒂默的两个猎手正闹翻了天。他们在为海豹崽是不是生来就会游泳的事大吵起来，另外四个猎手则时不时地插上一句。很明显，这些人虽然长着成人的身体，却拥有一颗童心。

我躺在床上，想到了自己现在的处境。我，凡·卫登，一个著名的评论家，一个文学爱好者，竟然有一天会和一群野蛮人呆在一起。我甚至从小到大都没干过什么体力活，一向养尊处优，现在倒好，整天要削土豆、摆桌子、听一个厨子的差遣，而且还带着伤！

各种各样的思绪涌上我的心头。我突然想到了母亲和姐姐，想象着她们听到关于我的噩耗后，悲痛欲绝的样子。我还想到了大学俱乐部的朋友们和古物委员会的议员们，他们肯定会很同情地摇着头说"可怜的人啊"。我还想到了菲鲁赛思那天早上跟我告别时的情景。

这个时候，船在海浪的起伏中继续向前挺进。四周充斥着各种各样的声音：碰撞声、脚步声和吵闹声。我狂躁不安，无法入眠。这是一个凄凉而哀伤的长夜，好像永远没有尽头一样。

第 5 章 武力当道（精读）

名家导读

凡·卫登不得不尽快适应"恶魔号"上的生活。可是第二天，发生了一件让他无法忍受的事：厨子明目张胆地拿了他衣服里的钱。他希望有人可以帮他主持公道，可是海狼告诉他，在这艘船上没有公道。

我只在猎手的住处待了一个晚上。第二天，新上任的大副约翰森被海狼赶出了房舱。原因是，约翰森睡觉的时候说梦话，有时还大声呼喊，吼叫个不停，严重影响了别人的睡眠。猎手们明白原因后，怨声不停。而我，则被换到已经住着两个人的房舱里。

一夜没睡的我觉得非常疲惫。早上5点半的时候，马格里奇就把我赶了出去。但他也得到了应有的报应——他的狂呼乱叫惊醒了一位猎手，于是，一只靴子朝他飞了过去。他的耳朵被靴子砸破了，从此再也没有恢复原状，以后他有了新的名字——"菜花耳朵"。

这一天同样充满了不幸。我拿回烤干的衣服，换下了厨子的那套。我记得口袋里除了零钱外，应该还有180块钱。但是现在，除了几个小银币，口袋里就什么也不剩了。我向厨子询问钱的事，却得到了蛮横无理的回答。

"听着，书呆子！"他的眼睛露出一抹凶光，嘴巴哼哼着，"你想挨揍吗？告诉你，我本来就是贼，你得知道怎么防范我，钱没了是你自己的错。下回再来问这种愚蠢的问题，你就等着去死吧！现在，我要好好修理修理你。"他握紧拳头向我扑过来，我立马跑出厨房。

此事就这样告一段落，我又重新开始了繁杂的工作。我听说海狼要利

用风把船吹到西南海面。他希望赶上东北的贸易风，靠那股持续不断的风力，向南拐到热带去，再驶往亚洲海岸，再转向北方，完成他的日本之旅。

一天清晨，我又经历了一件很难堪的事。我洗完盘子后，便去倒炉渣。当时，海狼和亨德森正站在舵轮旁交谈。我迎着风把炉渣倒了出去，炉渣被风刮到了海狼和亨德森的身上和脸上。海狼恶狠狠地踢了我一脚，如果不是我逃得快，估计还要挨一脚。但是仅是这一脚就够我受的了，顿时，我只觉得眼冒金星。

后来，我又碰到了一件意外的事情。一天，我去海狼的房间打扫，发现他有一个摆满书的书架。那里有物理学、天文学的经典作品，还有科学著作、文学著作，还有好多语法书。当看到一本《纯正英语》时，我禁不住笑出了声。

我很难将这些书和海狼联系起来。我也不确定他是否看过这些书，但是在整理被褥时，我在他的被子里找到了一本《白朗宁诗集》。书里有铅笔画过的痕迹，里面还夹着列满数学计算式、画着几何图形的纸。

很显然海狼并非只有蛮力，我看到了他的另一面。我一下子壮大了胆子，决定将自己丢钱的事说出来。

当海狼一个人在甲板上徘徊时，我鼓起勇气走上前去，对他说："我的钱被偷了。"

"叫我'船长'。"他纠正我。

"我的钱被偷了，船长。"我补充道。

"怎么被偷的？"他问。

我将事情说了一遍。他微笑地听着，然后很平静地说："厨子顺手牵羊拿了你的钱，你应该把这件事当作教训。它教你如何生存。"

"我怎样才能把钱拿回来？"我很不甘心。

"那可是你的事。你应该看管好自己的东西。钱到处乱放，活该被偷。再说，你也犯了罪，因为是你用钱袋引诱了厨子，使他的灵魂被打入地狱。"

海狼顺着这个话题说了下去。他问我灵魂是什么、彼岸是什么这些关于人生的哲理问题。对于这些抽象的东西，我真不知道该用怎样的语言来表达。

"那你相信什么？"我反问。

"我相信生命是一团混乱。"海狼不假思索地说，"生命就像酵母一样乱作一团。为了生存，强的吃弱的，大的吞小的，运气好的就能生存，仅此而已。我可以让你活得很好，也可以在一瞬间把你打死。我现在可以一拳把你送到天堂，因为你是弱者，我是强者。这样，你还能永生吗？其实我们关心的都是现在的生活。你知道我为什么要把你留下吗？"

"因为你更凶狠！"我忍不住说出这句话。

他接着说："但是，你知道我为什么比你凶狠？只因为我这块酵母比你大！你明白吗？"

"我明白，我没有指望了。"我失望地说。

"是的。"他说，"因为活动就是生活，要是不活动，当然就没有指望了。我们需要生命和活动，这是生命的本质。没有这个，生命也就不存在了。你是活着的，而且你很想要永远地活下去，但这只是一个贪婪的不切实际的梦罢了。"

他走到了舱楼的楼梯口，转过身问我："厨子拿了你多少钱？"

"185块，船长。"我回答。

海狼平静地点了点头便离开了。过了一会儿，我也走下了楼梯，似乎听见海狼在痛骂什么人。

名家点拨

从浩瀚神秘的大海，到如魔鬼转世的"恶魔号"船长；从桀骜不驯的猎手，到放荡不羁的水手，处处充斥着野性的挑战。凡·卫登如同回到了原始的蛮荒时代。

第6章 惊险一幕

名家导读

凡·卫登没能拿回自己的钱，但值得高兴的是，在无奈的生活中他交到了一个朋友，这个朋友告诉他，这艘船上的船长和猎手都是恶魔一样的人，而且这里随时都可能发生悲惨、血腥的事。接下来凡·卫登的亲眼所见，验证了他朋友的话。

到第二天早上，风暴已经过去了，在平静的海面上，我们的船继续向前行驶着。海狼一直在甲板上来回巡视，关注着东北贸易风的到来。

大家都在准备着自己的小艇，这是要捕猎了。船上一共有七只小艇，船长一只，猎手们六只。每艘小艇上有三个人：一个猎手做指挥官、两个水手做桨手和舵手。而海狼则是所有人的指挥官。

除此之外，我还得知"恶魔号"是旧金山和维多利亚所有船队里行驶得最快的船。它是由一艘私人游艇改造而成。昨天晚上值班的时候，我和琼森闲聊了一会儿。我从他那里知道，以前他非常喜欢船只。但是现在，他对此十分厌恶，因为海狼在捕猎海豹的船长中没留下什么好名声。

除了新上任的大副约翰森外，其他人都是因为些见不得人的原因才来到这艘船上的。前舱有一半人都是舱下水手，他们大多说自己是因为不了解船长的秉性而上船的。其实也有人说这些水手名声不太好，所以，没有船愿意雇佣他们，他们才上了"恶魔号"。

我在这里还交了一个新朋友——路易斯。他来自爱尔兰，说话很和气，很喜欢与别人交谈。一天下午，厨子睡觉去了，我还在厨房里干活，

那些活看起来好像永远也干不完。路易斯走进来找我聊天。

"啊，孩子！"他向我摇了摇头，"你上的这艘船，可真是糟糕透顶。大副是第一个送命的，之后还有可能有人送命。海狼就像个地狱里的魔鬼，而'恶魔号'就是一艘地狱之船。我很清楚海狼这个人，两年前，在日本的一个港口，他杀了四个水手！就在同一年，他还用拳头打死了一个人。他就像是一个怪兽，我想他是不会有什么好下场的。哦！还有，记住，不要让任何人知道我说过这些话，我可不想死。"

路易斯停了一会儿，又接着说："'海狼'，你听听这个名字，真是人如其名。他就是一头狼！坏人虽然是黑心肠，但起码还有心，但他呢？连心都没有。'狼'，这个名字起得太好了。"

"既然他名声这么坏，怎么还会有人到他的船上呢？"我问。

路易斯一肚子火，"要不是我醉得要死，才不会签字呢！至于其他人，那些猎手们怎么可能和善良的人在一起；而前舱的糊涂虫们，大概还不清楚状况吧！要是他们知道了，肯定会后悔被生下来的。"

"那帮猎手简直可恶极了。"路易斯又唠叨起来，"你看那个猎手霍纳，表面上像一个姑娘似的，柔声细语、斯文有礼。他去年可是杀死了一名舵手呢！虽然我很意外，但是他在横滨时把真相全都告诉我了。还有那个小黑鬼斯莫克，因为他在俄国的禁猎地偷猎，被抓后送到西伯利亚待了三年；而且他还跟同伴吵架，杀死了一个人，闯下大祸。"

"这些都是真的？"我惊叫道。

他立即改口道："我可什么也没有说，什么都不知道。你也当做什么都没听到，只有这样才可以保命。对这些事，我们无能为力。"

路易斯还提到了那个救我的人——琼森，"在前舱的人中，琼森算是个好人。他是这里最好的水手，也是我的桨手。他一点儿也不怕海狼，说话做事都十分认真、直率，只要是他看不惯的事情他就会说出来。但是总有一天，海狼会给他苦头吃的，海狼不会允许有人挑战自己的权威。"

我越来越不能忍受马格里奇了。他总是强迫我叫他"绅士"或"老板"。其中一个原因就是海狼似乎很器重他，这真是不可思议，但是海狼有几次真的和他谈得有声有色,这让厨子高兴得不得了,总是在厨房里哼着难听的小调,讨厌至极。

马格里奇自负地说:"我和老大的关系好着呢!我去他房舱里喝酒,他说我入错行了,我就问他怎么错了,他说:'你天生就是一个绅士,不用干活就能有吃有喝。'书呆子,他真是这么说的,我可没有编瞎话!"

他这种小人和他做的饭菜一样肮脏。他绝对算得上是我今生最憎恶的人。

晚饭前发生了一件很残忍的事。船上有一个不怎么聪明的新水手哈里森,他大概是想在海上冒冒险。不知道怎么的,风向总是变来变去,船帆也常常东倒西歪,需要一个人爬上去调整一下前中桅帆。哈里森勇敢地爬上去了,但不知道出了什么事,帆脚索经过滑轮滑到了桅上斜杆的一端,被卡在滑轮里。哈里森害怕极了,他被悬在离甲板24米的半空中,他紧紧抓着几根细绳,船还在摇摆不定,绳子总是一松一紧的,人很有可能被甩下来。这时,约翰森大声地向哈里森喊叫着,让他沿着升降索爬出去。

哈里森应该是听懂了命令,但他却还是不敢动弹。毕竟,悬在高空是很危险的,任何细微的动作都有可能使他摔下去。看着他那副胆小怕事的样子,约翰森开始在底下大骂。这时,海狼粗暴地喊道:"好了,你应该知道,在这艘船上只有我可以骂人。"

"是的,船长。"约翰森顺从了命令。

哈里森开始沿着升降索往外爬了。我在厨房里仰望着他,在天空的映衬下,他就像一只大蜘蛛,缓慢而小心地爬行着。

哈里森刚刚爬了一半,"恶魔号"就被卷进了波浪中。他再也不敢动弹,紧紧抓住绳子。刹那间,升降索松塌了,他的身子飞快地朝下降落。接着,桅上的斜杆突然向旁边一荡,大帆啪啪作响。绳子又是一绷,他的一只手松开了,另一只手也没有抓牢,他被甩掉了。幸运的是,他的双脚夹住了升降索,他的头朝下,被挂在了那里。后来,他费了好大的劲才重新恢复到原位。这一刻真是太惊险了。

"我敢说他今天连晚饭都不打算吃了。"海狼的声音传了过来,"约翰森,你最好别站在那里,不然,你也会有麻烦的。"

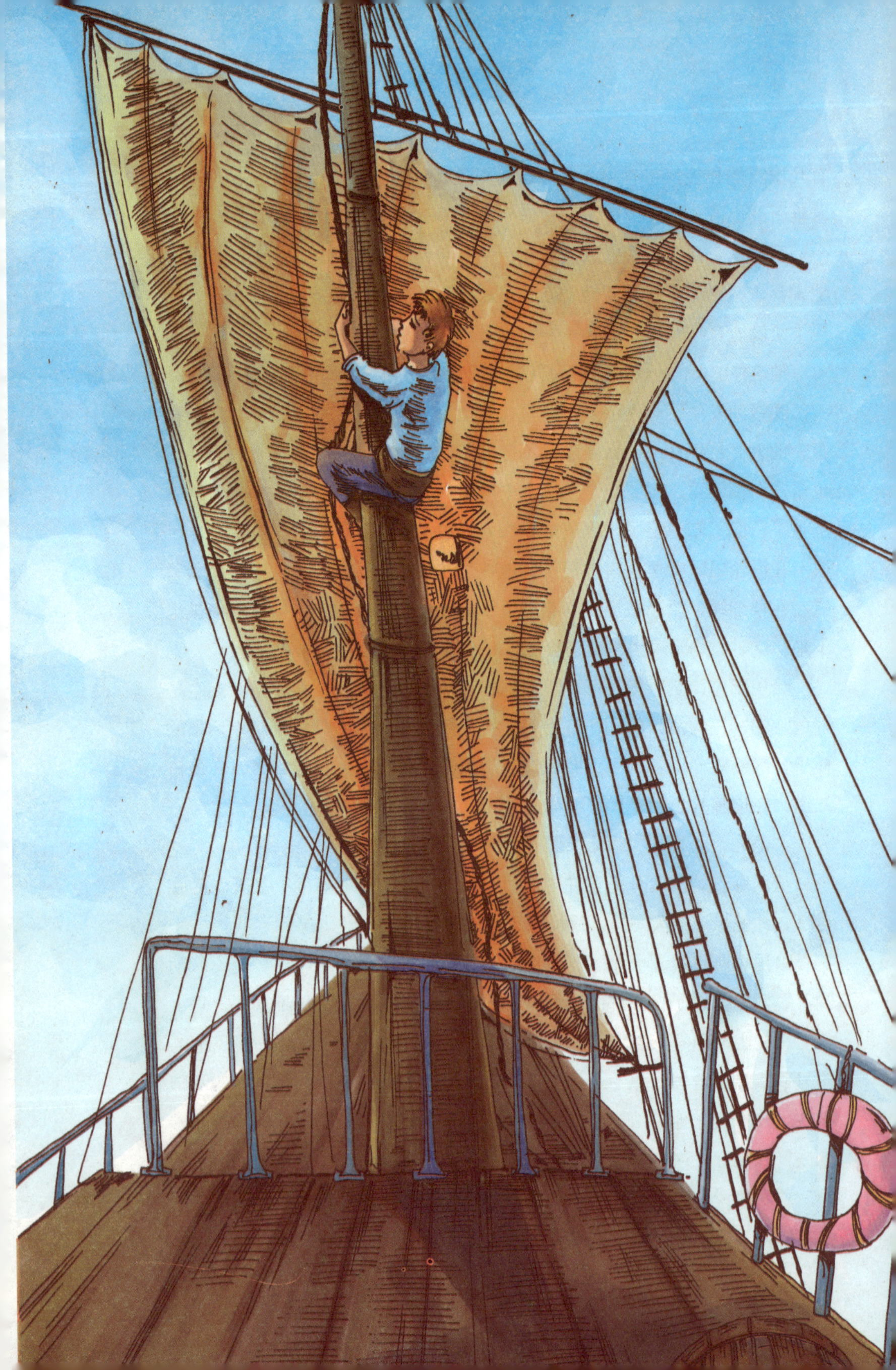

哈里森命悬一线时，约翰森还在底下大声叫骂着。

"真是件不光彩的事！"琼森说，"哈里森这孩子，要是给他机会的话，他是肯学习的。然而，这简直是——"他停住了，可他的神情却透露出两个字：谋杀。

"别说了。"路易斯悄声说道，"你还是先把嘴巴闭上吧！"

猎手斯坦迪什对海狼说："哈里森是我的桨手，我不想失去他，船长。"

海狼说："你说得对，斯坦迪什。他的确是你的桨手，可他同样也是我的水手，我想怎么做就怎么做。"

"你真不讲理——"斯坦迪什非常不满。

"行了，不用说了。"海狼说，"我已经跟你讲得很明白了。他是我的人，我高兴怎么样就怎么样。"

猎手狠狠地看了他一眼，又不敢吱声，只得默默地退了回去。其他的人都来到甲板上，紧张地仰望着上空。水手们还是很同情他的，琼森就是个很好的例子，但是船长和猎手们都异常冷酷。就连斯坦迪什也只是害怕失去一个得力的桨手，要是换作是别人的桨手，他才懒得去关心呢。

再说回哈里森吧！他爬上了桅上的斜杆，跪坐在斜杆的木头上，把帆整理好。但是他再也不想回到升降索上。他望着那条恐怖的空中之路，吓得四肢发抖，浑身打颤。海狼已经不再关心哈里森的情况了，只是命令舵手不要再偏离航道，而舵手偏离航道是为了让帆鼓起来，以帮助哈里森。

半个小时就这样过去了，琼森不顾其他人的阻拦，想爬上斜杆去救人。海狼紧紧盯着他。

"你要到哪儿去？"海狼大叫道。

琼森不再爬了。他看着海狼缓缓地说："我想把那孩子带下来。"

"滚开。谁让你帮忙了？快滚下来，听到没有？"海狼咆哮着。

琼森迟疑了一下，但还是下来了。多年来服从船长的习惯操控着他，他只好悻悻地走开了。

晚上快吃饭时，哈里森还俯趴在半空中。吃饭时，人们像往常一样交谈着，好像没有一个人想到外面还有一个生命处于危险之中。再晚一点儿的时候，我看见哈里森慢慢地从甲板上挪了回来，向水手舱的方向走去。他终于鼓足了勇气，爬了下来。

后来，我在船舱里遇到了海狼。当时，我正在刷盘子。是他先挑起的话头："下午你受惊了吧？"

"这简直太残忍了！"我说。

"整个世界都充满了残忍的事情，这和海洋的运动是一样的。"

"可是生命是有价值的，它不是儿戏！"我说。

"价值？价值是什么？怎么来衡量？谁来衡量呢？"他问。

"我来衡量。"我一脸正义地说。

"那么，对你来说，别人的生命到底有多大的价值？"他问。

我一下子愣住了，这个问题让我哑口无言。

他耸耸肩，说道："你只知道关心人的生命，那那些被你吃的动物呢？它们难道就不是生命吗？对于这些低等的生命，你当然不会对它们的死感到自责了。"

海狼准备要走了，但是他又转过身来接着说："你现在明白了吗？其实我们都高估了自己的生命，我们总是把自己的命看得太过重要了。就拿哈里森那小子来说吧，也许他把自己看成是一块宝贝，但是对你，或是对我来说，他什么也不是。即使他现在就死了，这个世界也不会因此有任何损失。他死了之后就不会有任何感觉了，死后也不会意识到他这块宝贝没有了。你明白了吗？你还有什么可说的？"

"你只不过是在给自己的残忍找理由。"我已经说不出别的话来。

第7章 赤道之夜

名家导读

令人意想不到的是，海狼和船上的人有很大的不同，他不是个只会蛮力的"野蛮人"，他是个懂得文学的"野蛮人"，他对生命的看法既新颖又犀利。

风吹了三天，我们终于进入了东北贸易风带。船上的帆都被风吹得鼓起来了。风力非常大，我们的帆船不用靠人力就能够自动地行驶着。除了掌舵外，水手们几乎什么也不用做。我们的船速在每小时18-22千米之间变化着，把美丽的旧金山远远地抛在身后。

"恶魔号"向赤道地带飞驰着。天气也渐渐热了起来，水手们脱了上衣，用海水冲凉。在碧蓝的天空下，大海像蓝色绸缎一样闪烁着美丽的光泽。

一个夏日的晚上，我失眠了，凝望着帆船卷起的层层海浪，心情始终无法平静下来。这时，身后传来了海狼的朗诵声：

啊，迷人的赤道之夜，
尾浪就像是一道光鞭，
炎热的夜空也被驯服了。
漆黑的船头正打着鼾，
划过洒满繁星的海面，
被惊动的鲸鱼摇动着光焰；
船上的甲板，还留有烈日的亲吻，
我的姑娘，

她沾满露珠的绳子拉紧了，
我们顺着原来的路，自己的路飞航，
漫漫长路，向着南方，
——那是一条永远崭新的路。

"喂，觉得怎么样？书呆子。"海狼停顿了一下，问道。

"想不到你也有热情，真是不敢相信。"我冷淡地回答。

"老弟，这就是生活，这就是生命！"

"生命可是一文不值的！"我故意学他说的话。

他开怀大笑道："生命对别人来说一文不值，但是对于自己来说就不一样了。现在我的生命就非常有价值——对我来说，生命简直是无价之宝。"

"你知道吗？我可以认清真理，明辨是非，我感到自己拥有一切权力。我差不多就要信仰上帝了，但——"他的语气变了，"我要知道我自己现在处在怎样的环境中，只有当一个人处在无忧无虑的环境中才能获得灵感和生命。为了获得那些美好的东西，我们就要像酵母一样疯狂地吞吃，尽管明天我也许会为此付出代价。我当然知道自己会死去，很可能会死在海上，然后沉入海底，最终成为海洋生物的食物。而我死了之后，就像美酒没有了味道，那些气泡也将会化为乌有。"

说完，海狼纵身一跃，像一头猛虎一样跳上了甲板，在我的视线中消失了。但我还在思考着他的话。就在这时，一个水手用浑厚的男高音唱起了《贸易风之歌》：

啊！我是水手最爱的风——
我坚定，强大，忠贞不移；
在不可测量的热带海洋里，
瞭望行云，它们追逐着我的脚步。

第8章 利己主义者

名家导读

在凡·卫登的眼里，海狼是个很有魅力的古怪的疯子。某一天，海狼和厨子进行了一次实力悬殊的赌博，厨子输得很惨，他从凡·卫登那偷来的钱全部输给了海狼，而海狼会把这些钱还给凡·卫登吗？

  海狼的行为很古怪，让我觉得他有时候就像是一个疯子，有时候又像是一个超人。但我十分确定的是，他是一个生错了年代的野蛮人，在这个文明时代里，他显得那么格格不入。他总是以自我为中心，是一个极端的利己主义者。他还十分孤独，几乎从不跟船上的任何人交流。因为在他看来，除他之外的所有人都是幼稚的儿童，包括那些猎手们。他有时候也会屈尊和他们交谈打闹，但样子就像是在和小猫小狗玩耍似的，更多的时候他更像解剖家一样去剖析他们的心灵。

  他经常辱骂那些猎手们，然后以开玩笑的态度来观察猎手们的神态和动作。他认为这也是和猎手们交流的一种方式。

  接下来，又要说到马格里奇了。我很好奇海狼怎么会突然间和这个人变得那么亲密。

  那天，吃完午饭后，我收拾好了房舱，碰到海狼和马格里奇一起下楼。"你会玩纸牌吗？"海狼问，"我想英国人应该都会玩，我就是在英国人的船上学会玩纸牌的。"

  因为巴结上了船长，马格里奇忘乎所以。他十分滑稽地装出一副贵族的派头，样子真是令人作呕。

"快去拿纸牌，书呆子。"海狼命令道，"再到我的房舱拿点儿威士忌和雪茄过来。"

我取东西回来时，听到厨子正在吹嘘自己的身世，他说他的父亲是一个绅士，因为某种缘故流落到这里，但是有人给他汇款，让他离开英国。他还说，汇来了很多钱，让他走得越远越好。

海狼不满足于平常用的杯子，让我把大杯子拿来。他把酒倒到酒杯的三分之二。"绅士敬您。"马格里奇说，然后他们碰杯，玩起了纸牌。

两人喝着不掺水的威士忌，赌起钱来，而且赌得越来越大。海狼一直在赢。厨子好几次回去拿钱，他每次迈的步子都很神气，但每次拿回来的钱都一次比一次少。厨子好像有一点儿醉了。又一次跑回去拿钱之前，他用油腻的手勾住了海狼的肩膀，喃喃地说："我有的是钱，我是绅士的儿子。"

最后一次，厨子还是孤注一掷，可他又输了。厨子把头埋在手臂里号啕大哭起来，海狼却装出一副礼貌的样子道：

"书呆子，请把马格里奇绅士扶到甲板上。他好像很不舒服。"

他凑到我耳边低声道："叫琼森泼他几桶水，让他清醒清醒。"

我按照海狼的吩咐去做了。厨子还在自言自语地说他是绅士的儿子。等我下楼收拾桌子时，听到马格里奇绅士尖叫了一声，大概是第一桶水已经泼到他身上了。

"整整150块。"海狼数着钱大声说，"跟我想的完全一样，他上船时可一分钱都没有。"

"你赢的可都是我的钱，船长。"我大胆地说。

海狼带着一丝嘲弄的微笑看着我说："书呆子，你可能搞错语法了。你应该说'过去是'，而不是'现在是'。"

"这可不是语法问题，而是道义问题。"我丝毫不想妥协。

他停顿了一会儿，接着说："这可是我第一次从别人嘴里听到这个词，我曾很想和使用这个词的人打交谈。但是，书呆子，你错了。这既不是语法问题，也不是道义问题，而是现实问题。"

"这个我懂，现实就是：你拿走了属于我的钱。这是有关对错的问题。"

他把嘴一撇，说道："难道到现在你还相信对错？"

"那你不相信吗？"我反问道。

"我可不信。我只知道强权就是真理。强者因为获利而喜悦，弱者会因失去而痛苦。我得到了钱，就获得了喜悦。要是我把钱给你，就是放弃了这种喜悦，那简直就是太对不起我自己了。"

"可是你拿了我的钱就是对不起我。"我说。

"根本就不是这样。两块酵母都想吃掉对方，是谁对不起谁呢？这只是生命的内在冲动，没有对错。"

"那你相信利他主义吗？"我问。

他想了一下，说："这个词有合作的意思吗？"

我想他应该不清楚这个词的意思，便给他解释。我告诉他，这是一种为他人的利益而牺牲自身利益的行为。

他明白了，"哦，我想起来了，这个词在斯宾塞的书里出现过。"

我非常惊讶，他竟然知道这位英国的社会学家。

他说："我读的并不多。我对斯宾塞的《第一原理》懂得比较多，可是他的《心理学》和《生物学》，我实在是弄不懂。他的《伦理学》，我看了一些，我正是从那里知道了'利他主义'这个词。"

在我的记忆中，利他主义在斯宾塞的理想中是不能缺少的。海狼显然按照自己的需要去解读了这位大哲学家的书。

"那你在他的书中读到了什么？"我问。

他想了很久，他好像在搜寻准确的词来表达他的思想。

他说："简单来说，斯宾塞的理论可以归纳为三点：首先，人要为自己而活——这才是善的；其次，为子女而活；第三，为他的种族而活。"

我惊叹道："那最高尚的行为就是对自己、子女和种族有利了。"

"我可不同意他的观点。"他说，"我觉得要把后两项去掉。我可不愿意为了子女和种族的利益而活。人终究是要死的，永恒的只有死亡。任何人让我为了他们的利益牺牲，都是不道德的行为。这就像酵母一样，它们都要靠不断地爬行和蠕动来获得能量。所以，任何使我少爬行一次或少蠕动一次的牺牲，都阻碍了我的生命。"

"那你是一个彻头彻尾的利己主义者，只要涉及到你的个人利益时，你就会成为不值得信任的人。"我说。

"我觉得你开始明白我了。"海狼说。

"难道你想做一个没有道德的人？难道你是令人害怕的恶虎、毒蛇、吃人的鲨鱼？"

"正是如此。"他接着说，"现在你能理解为什么所有人都叫我海狼了吧！"

"你是莎士比亚笔下的半兽人凯列班。"他双眉紧锁，显然他没听说过这个故事。

为了少说废话，我去海狼的房舱里拿来那本诗集，为他朗诵了《凯列班》。他看起来很高兴，我们由这首诗展开了一些讨论。作为自学者，他的确存在许多错误，但是他的"利己主义说"比任何人都讲得有道理，尽管还是无法说服我。

时间很快过去了，到了吃饭的时候，我已经来不及摆桌椅了。海狼大声喊道："厨子，今天你来摆桌子吧，我和书呆子还有些话说。"

有了第一次，就有第二次。海狼兴致勃勃地在餐桌上继续与我谈论着。但这让猎手们很反感，因为他们根本听不懂。而且，这件事情也给我带来了很多麻烦。

第9章 用匕首维护尊严（精读）

名家导读

因为讨论文学的关系，海狼突然和凡·卫登走得很亲近，这让马格里奇怀恨在心。于是，他对凡·卫登比以前更加恶劣了。这让凡·卫登感到厌恶和恐惧，为了维护尊严，他做出了一件他自己都感到震惊的事。

因为和海狼谈论问题的缘故，我获得了三天的休假。这使马格里奇十分窝火，因为他得干两个人的活。有一次，路易斯好心提醒我，海狼总是阴晴不定的，说不定哪天就会变脸。

路易斯的话得到了验证。一天，我和海狼就人生的话题争执起来。我一下子把自己的处境抛到了脑后，语言变得犀利起来。这一下把海狼给惹恼了，他发起狂来，就像疯了一样。

他大吼一声，用手紧紧把我的胳膊捏住。我本想忍耐的，但他的力气实在太大了。我两腿直发软，他一松手我就跌坐了下去，肌肉疼得厉害，手臂好像被捏碎了一样。

海狼好像清醒过来了，居然笑了笑。我头晕目眩地在地板上缩成一团。他坐了下来，点燃雪茄看着我，满眼的疑问。

我勉强站了起来，回到厨房。这种疼痛一直持续了好几周，可这对他来说只是随便一捏，只不过稍微用了点儿力气而已。

第二天，他来到厨房向我示好。当时我正在削土豆皮。他微微笑了一下，拿起一个还没削的土豆，用手轻轻一捏，土豆被捏得粉碎了。看着那

被捏碎的软乎乎的土豆，我才意识到，这个怪物昨天还算是手下留情了。

尽管这样，三天的休息还是给我受伤的膝盖带来了休养的机会。我的膝盖已经消肿了，伤口也在慢慢复原，但是一场更大的麻烦即将来临。马格里奇对我比以前更加恶劣了。他辱骂我，甚至还对我挥起了拳头。我也不再任由他欺侮，开始对他高声咆哮。

想想，我这样一个绅士，蹲在角落里，对另一个男人像恶狗一样龇牙咧嘴，咆哮着，眼睛里充满了畏惧和凶狠。我对这一幕厌恶极了，这让我想起了被老鼠夹困住的老鼠，简直太狼狈了。

不过，我这招还是起到了作用，马格里奇终于不再惹我。现在，我们俩就像被关在同一个笼子里的两只野兽，互相敌视着。

马格里奇又想了一个新招来对付我。厨房有一把菜刀，他不知从哪借来一块磨刀石，整天磨刀霍霍，还时不时地拿刀在指甲上、手背上试试刀刃，那样子非常可笑。

后来，马格里奇的眼睛变得有些疯狂，不管看哪里都是一片血红。我承认我是有些害怕了。我整天都提心吊胆的，都快要崩溃了。除了海狼，我没有地方求救。但是想起他那阴晴不定的性情，我最终还是放弃了，我甚至有意避开和他讨论那些问题。

一次，海狼命令我回到餐桌上。我很坦率地跟他谈起他带给我的麻烦。

他笑着说："难道你怕了？"

我很诚实地回答说："是的，我怕了。"

"你们这些人怎么都是这样。"他有点生气，"整天讲生命怎样怎样，却又如此怕死。一个胆小鬼和一把刀就把你吓成这样。行啦！老兄，你是永生的！你是神啊！厨子杀不了你的。你是可以复活的，你有什么好怕的？"

"你的前面就是永恒的生命。厨子是在帮你，推你一把，把你送上永生之路。要不你就推厨子一把，或给他一刀，让他的灵

阅读理解
凡·卫登在性格上开始转变，他不再任由别人欺辱，而是开始站起来反抗。

阅读理解
厨子从表面上看很凶狠，但他的行为却暴露了他的懦弱。

魂自由飞翔吧！让他脱离丑恶的肉体，破茧成蝶吧！然后，我就会把你升到他的位置，他现在每个月可以挣45块钱呢！"

显然，海狼是不可能会帮我了，我能靠的人只有自己。有时候人一旦被逼到绝境，就什么都不怕了。我决定以同样的方法对付马格里奇。我和路易斯做了一笔交易，用五听牛乳换来他的一把匕首。那把匕首被我磨得非常锋利。

第二天早上，厨子又在磨刀。我出去倒炉灰，回来后，听到他正和哈里森说笑："对，那位大爷让我在监狱里蹲了两年，我一点儿也不在乎。那家伙被我吓得够呛，我这把刀就像戳进牛油里一样，让他悲号起来。"他朝我瞄了一眼，看我是否在听，"那个人哆嗦着说'大哥，我再也不敢了！'可我不管，'我要好好修理你。'我追着他不放，他突然抓住了刀子，想夺过来，我一拔，割得他骨头都露了出来。那场面可真好看啊！"

当哈里森被叫出去后，厨子继续磨刀，并且恶毒地看着我，看来刚才那些话是故意说给我听的。而我坐在煤箱上，虽然表面上十分坦然，其实内心忐忑不安。我拿出匕首，也磨了起来。我本来以为厨子会有什么举动，但是他一直没有动静。于是我们两个人一起磨刀，面对着面，磨啊磨，足足磨了有两个小时。不久，大家都知道了，便纷纷围在厨房门口看热闹。

他们都在等着看好戏。利奇缠着绷带站在那儿，让我多给厨子两刀。看起来脾气很好的猎手霍纳，也向我提出了如何进攻的建议。就连海狼也在楼梯口停了下来，好奇地观望着。他一定认为这是两个酵母的吞吃之战。

这件事情看起来十分可笑。我是一个受过教育的绅士，现在竟然干起了这种事。但是，什么事情都还没来得及发生，马格里奇就主动向我伸出了手。

"我们不要让别人看我们的热闹了，书呆子！你是条汉子，我突然有点儿喜欢你了。咱们还是和好吧！"

阅读理解

厨子想要暗示凡·卫登，自己是一个多么可怕、狠毒的人，他以为凡·卫登会因此更加怕他，可这些话却暴露了他丑恶的嘴脸。

阅读理解

船上所有人都对厨子不满，但是他们更愿意看别人互相残杀，而不愿自己去趟浑水。

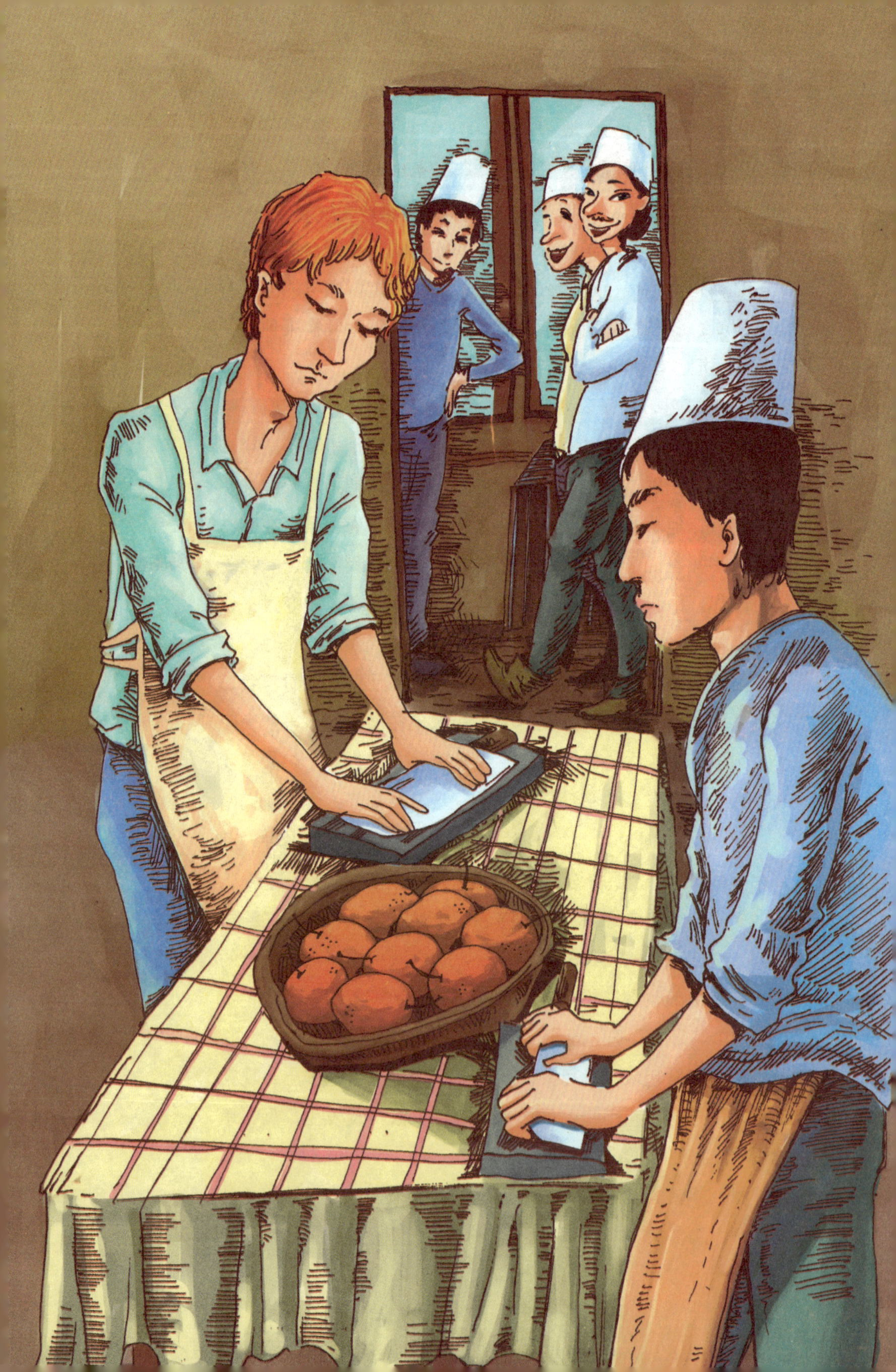

此时，我才明白，我虽然胆小，但是马格里奇比我更胆小。最终我获胜了，但我不会握他的手。

"好吧。"马格里奇有些沮丧地说，"不握手，我也照样喜欢你。"为了保全面子，他恶狠狠地对那些幸灾乐祸的旁观者说："都别挤在这里，滚开！"

人群散开了，我听见猎手们在议论，"厨子这下完了，以后厨房就归书呆子管了。"

猎手们的话应验了，我成为了厨房的新主人。我把匕首别在腰间，再也不听从厨子的指派了。对于他，我的态度始终如一：侮辱、鄙视、傲慢。

名家点拨

凡·卫登的野性被一点点地激活，生命的原始活力被重新加载。他终于勇敢地站了起来。他拿起了武器，勇敢地维护自己的权益。

第10章 海狼的身世（精读）

名家导读

海狼身上有太多常人所不具备的魅力，凡·卫登对他越来越好奇。终于，在一次谈话中，凡·卫登知道了海狼的身世。

我和海狼渐渐变得亲近起来，但我始终清楚，我只不过是他的一个玩物。我察觉到海狼是寂寞的，他几乎没有可以倾诉的对象。有一天，我去他的房舱里，发现他把头埋在手里，痛苦地哭喊着："噢！天啊！"他应该是在经受巨大的痛苦。后来，他的头痛了三天，但是没有人同情他。

一天早上，我去收拾海狼的房舱时，发现他已经好了，正在用圆规和丁字尺画着什么。他很高兴地跟我打招呼，并且告诉我，他为了节省海员的力气正在做一个新的设计。他对自己的新设计非常的得意，他完全沉醉于设计的快乐之中。但是，他只想靠这个设计去赚钱。我看着他认真工作的样子，突然间发现，他竟然还是一个帅气的男子。这时的他，脸上看不到一丝凶残的表情。像海狼这样的人，做什么事情好像都是理直气壮的，他没有任何的道德观念，就像是与世隔绝的野蛮人。但是我却在他的眉宇间看到了淡淡的忧郁，与他的勇猛、刚强巧妙地融合在一起。我不禁对海狼产生了这样的疑问：他到底是一个怎样的人？

"像你这样有能力的人，为什么不去干一番轰轰烈烈的事业呢？你没有良心和道德底线，你可以主宰世界，可你现在却过着这种卑贱的生活。你是如此勇猛强壮，还有什么是能够阻止你的呢？有什么能够引诱你？到底是为什么呢？"

我站在他面前，滔滔不绝地发问。他凝望着我，认真地思考了一会儿，说："书呆子，你听过一个寓言吗？有的种子落在石头上，不久便发芽了，却因为泥土不深，太阳出来的时候，就会被晒死；有的种子落在荆棘里，荆棘长起来后，它们也活不成了。"

"那又怎么了？"我问。

"那又怎么了？"他有些不高兴，"我便是这样一颗种子。"

他不再说话了，开始画起比例图。我干完活，正要出去，他又对我说："书呆子，你看挪威的西海岸，那里有一个凹处，叫鲁姆斯达尔海峡。我就出生在离那儿很近的地方。我的父母都是丹麦人，很穷，没有文化。除此之外，我没什么可说的了。"

"我不这样认为，"我反驳道，"你还是有东西可以说的。"

"还能有什么？"他突然变得凶狠起来，"贫穷的童年？刚学会走路就要出海？哥哥们出海都一去不返？我从没上过学，从小不识字，十岁就到丹麦人的船上当跑腿，吃粗劣的食物，忍受拳打脚踢。我曾想总有一天我要报复那些船老大。但是当我回去时，他们全都死了，只剩下一个，就是那个刚死去的大副。"

"你没读过书，那你怎么学会读斯宾塞的？"我很好奇地问。

"我12岁当跑腿，14岁当杂役，16岁做普通水手，17岁做了高级水手，还做过水手的领班。没有人可怜我，也没有人帮助我。我是为了自己而学习的——航海、数学、科学、文学等。但是这有什么用呢？我这一辈子充其量也只能是一个船主。太阳出来的时候，我就会因为没有根基而被太阳晒死。"

"历史上也有普通人变成帝王的！"我不同意他的话。

"历史上可能真有其事。机会能成就一个人，但是没人能创造机会。伟人的成功要靠机遇的降临。而我能看出机遇，却没有等到机遇。最后，我被荆棘给闷死了。书呆子，你现在比我哥哥

阅读理解

海狼的意思是一个人能不能有大的作为，不是看他的能力如何，而是看他所处的环境如何。

还要了解我了。"

我问:"他是谁?"

"'马其顿号'的船长,猎海豹的。"他有些疲倦地答道,"我们可能会在日本海附近碰到他。人们都叫他'阎罗王'。"

"啊!"我惊叫起来,"他和你是一样的吗?"

"不,他更像野兽,他比我更——"

"野蛮。"我脱口而出。

"谢谢你的词,但是他不识字。"海狼说。

"他也不思考生命。"我接着说。

海狼脸上浮现出一种很痛苦的表情,说道:"我哥哥可不管那些,不过他反而过得更快活一些。而我的错误就在于总是反复思考生活。"

名家点拨

海狼横亘在野蛮与文明之间,既无法像他哥哥那样拥有原始的快乐,也无法像凡·卫登那样获得精神的自由,于是他总是陷入痛苦之中。

第11章 生命的价值

名家导读

这艘"恶魔号"上，人和人之间总是充满了冲突和斗争，而且暴力事件几乎随时都有可能发生。在这个时候，海狼和凡·卫登关于生命价值的讨论还在进行着。海狼告诉凡·卫登，在这里只有弱肉强食的生存法则，弱者的生命是没有价值的。

"恶魔号"航行到了太平洋的最南端，现在正向西拐弯，然后会向北，向一个孤岛驶去。我们会先到那个孤岛上装满淡水，然后再去日本沿海狩猎。猎手们和水手们都为即将到来的狩猎做好了充足的准备。

这艘船的"恶魔"称号真可谓名副其实，人与人之间总是充满了冲突和斗争。马格里奇非常怕利奇，天黑后，他甚至都不敢上甲板。我还听说，有两个水手因为告密而被同伴痛揍了一顿。大副约翰森因为在喊琼森的名字时发音不准，而被打了一顿，从此大副喊琼森的名字时，发音准确多了；琼森还为发音问题顶撞过海狼，不过，这可不会有什么好结果。

亨德森和斯莫克随时有可能发生枪战，不过海狼有话在先，他一定会把活下来的那个家伙给杀死。这并不能说明海狼在维护正义，而是因为他需要这些人来捕海豹。等过了狩猎季节，他会允许他们"狂欢一次"，到时新仇旧恨可以一起结算。胜利者甚至可以把失败者扔进海里，只要编造一个他们如何在海上失踪的故事就行了。听到海狼的这个声明，所有人都不敢轻举妄动了。

现在，我的情况渐渐好转。膝盖的伤也好多了，被海狼捏过的胳膊也能够伸展自如了，我的身体也日益强壮起来。可是，我的手却变得既丑陋又粗糙，手指像烤焦了一样，指甲都裂开了，指头上全是肉刺。

前几天，海狼从死去的大副那里找来了一本《圣经》。晚上，他对着我大声朗读起《传道书》里的一段。虽然他没读过书，但我觉得，他是一个天生的朗读者，他的声音中带着一种与生俱来的忧郁：

我活着的时候为自己积蓄金银和财宝，我日益昌盛，超过众人。

死后，我才发现，我所忙碌的只是一场虚空，在阳光下毫无益处。

众人都是一样的，无论好人和坏人，洁净的人和不洁净的人，献祭的和不献祭的。

众人所遭遇的都是一样的，他们心里都有恶。

活着的人还有希望，活着的狗比死去的狮子更强。

活着的人知道他必死，死了的人却一无所知。

死后，爱、恨、忌妒，都已消失。世上的事再也与他们无关。

"怎么样？书呆子。"读完后，海狼把书一合，望着我说，"这个传道者是以色列的国王，他比我更像一个厌世主义者。我也和传道者一样因为热爱生命，不想死去。活着是可悲的，但是死了就更不堪设想。生命的意义在于运动，运动就是力量。生命本身就是贪婪的，但是怕死却是更大的贪婪。"

"你比《鲁拜集》的作者——波斯人莪（é）默还要凶恨，至少后来的他成了一个懂得享受生活的人。"

"莪默是谁？"在海狼这一问之后，我连着三天都没有再干活。

我为海狼背诵《鲁拜集》里的诗，我们常常会就一首诗展开讨论。他总是能在诗中读出反叛的东西，而我却读不出来。他的记忆力非常的好，我背诵两遍，有时甚至一遍，他就记住了。

我问他最喜欢哪首诗，他挑出了一首给我朗诵：

不要问我从哪里来，

不要问我到哪里去！

喝不完这一杯杯的烈酒，

来吧，必将淹没所有的忧愁！

海狼尽情呼喊道，"伟大啊！真是伟大！这才是生命，词语运用得多么恰当！这才是生命的本性啊！传道者发现生命是虚荣的，是恶的。接下来，他发现死亡停止了虚荣，会更加丑恶。他因为死亡而焦虑不已。但是我默、你、我以及其他的人，我们都是一样的。当厨子磨刀要杀你时，你也会害怕死亡，反叛死亡。这是生存的本能，这种本能压制了你所说的永生的本能。它压倒了永生，你承认吗？"

"你怕我，也怕厨子对吗？我要是像这样抓住你的喉咙——"他真的抓住了我的喉咙，弄得我透不过气来，"像这样，你那永生的本能便会消失，你求生的本能开始活动起来。从你眼中，我看到死亡的恐惧。你的双臂在挥舞，胸脯在抖动，脸色暗淡，目光无神，你快不行了。'活下去！活下去！活下去！'你在大叫。你还相信永生吗？真实存在的只有此生。你的生命正在消逝，对你来说，我的声音变小了，我的面容变模糊了。可是你仍然拼死挣扎着，活下去！活下去！活下去！"

突然，我眼前发黑，便失去了知觉。醒来后，我发现自己正躺在地板上，海狼在一旁抽着雪茄，沉思地凝望着我，流露出一种好奇的眼神。

"现在你相信我说的话了吗？"他问。

我在地板上摇了摇头，说："你这论争太——太——强迫人了。"我喉咙很疼。

他向我保证道："过半个小时就好了，你放心，我以后不会再用这个方法讨论了。起来吧！"

再次证明，在海狼眼里，我只不过是一个玩具而已。于是，我们再一次长谈，直到深夜。

第12章 暴力的狂欢（精读）

名家导读

凡·卫登之前见过的那些暴力事件都是小场面。接下来的事让他见识了这艘船上真正的暴力。如果没有强健的身体，老实人和正义之士是没有办法在这里生存的。

该如何说起呢？

一天又这样过去了，我亲眼目睹着一幕幕悲剧的发生。暴力就像瘟疫一样，传染着船上的每一个人；仇恨仿佛草原上的荒草，一点儿小小的火苗，就能使整个草原燃烧成一片火海。而这些全都源于海狼。

马格里奇为了获得海狼的信赖，把琼森的随口怨言报告给了海狼。琼森可能是在船上的杂货铺里买了一套雨衣，后来发现衣服的质量实在是太差，便四处抱怨。在每一艘捕猎船上，都会有一个这样的水手衣物柜，它相当于是一种小型的杂货铺，卖些水手们的生活必需品。水手们是不拿薪水的，只是从各自的小艇捕猎的海豹皮中抽取提成。因此，他们买东西的钱都将从以后的狩猎收入中扣除。

我根本不知道琼森所抱怨的那件事，所以当事情发生时我吓了一跳。海狼对我说："把门和窗户都关上。"

我照他说的做了，转过头来时，发现琼森眼里闪现出不安的光，那时，我以为琼森只是羞涩而已，并没有感觉到他的焦虑。约翰森离他不远；海狼坐在一张离他3米远的椅子上。大家静默了一分钟，海狼首先打破了沉默："扬森。"

"我叫琼森,船长。"水手勇敢地纠正他。

"好吧!琼森。知道我为什么叫你来吗?"

"知道,也不知道,船长。"琼森缓慢地说,"我工作做得很好。对此,大副知道,你也知道,船长。所以我是没有什么可挑剔的。"

"就这个?"海狼的声音很柔和,带着一些鼻音。

"我知道你讨厌我,是因为我太像一个人。"

"琼森。"海狼不想再和他绕圈子了,直奔主题,"我听说你对那套雨衣有太多的抱怨呀!"

"是的,那件雨衣一点儿都不好,船长。"

"所以你就到处宣扬这件事?"

"我说的可都是实话,船长。"琼森在这个时候也不忘遵守船上的规矩,每一句后面都加上一个"船长"。

这时,我才发现,约翰森站在一旁,凶神恶煞地看着琼森。他的眼下一片乌黑,是前两天被琼森揍的。我突然有了种不祥的预感。

"你可知道,像你这样说我的杂货铺,后果会怎样吗?"海狼问。

"我知道,船长。"

"你看琼森,书呆子。"海狼突然对我说,"他按照诚实、正义那些幻想来行动,公然反抗我。对此,你有什么感想?"

"我认为他是对的。"我想当时我真是疯了,"他具有高尚的人格,但是你却没有。没有理想,没有幻想,你什么都没有。"

海狼有些得意地点点头,说:"你说得很对,书呆子。我同意传道者的观点:活狗胜过死了的狮子。所以,我唯一的信条是有用,一切都是为了生存。这个叫琼森的酵母,等到化为乌有后,只是一粒尘埃,但那个时候,我还活着。"

说完,他突然一跃而起,像野兽一样,猛然跳了过去,扑向琼

阅读理解

为了生存,海狼要除掉那些对他构成威胁的人,这便是他的生存之道。

森。琼森无力抵抗，勉强护住了肚子和头，可海狼还是将一记重拳打在了他的胸口上。琼森用力吐出一口气，险些摔倒。虽然他知道自己没有希望了，但是他仍顽强地抵抗着。这种残忍的场面快把我逼疯了！我想要逃离，却被海狼一下扔到了房舱的角落里。

"好好欣赏吧！书呆子。"他嘲笑我，"我们毁掉的只不过是他的肉体，他的灵魂可丝毫不会损伤啊！"

这次殴打，实际上只进行了短短的10分钟，却好像经过了几个世纪。海狼和大副对可怜的琼森拳打脚踢，等他跌倒了，扶起来继续打。琼森的眼睛已经看不见了，耳朵、鼻孔以及嘴巴血流不止。他躺在地上，连站都站不起来了，他们还在用脚踹他。

"行了。"海狼说。大副仍然不肯停下。海狼只得强行阻止他，把他推到一边。"把门打开。"海狼命令道。琼森像一堆垃圾一样被他们拖到了甲板上。他的血流到了一个舵手的脚上，那舵手却动都不动一下，这个人正是和琼森同艇的路易斯。

令人震惊的是，利奇竟然不等船长的命令，便飞快地跑上了甲板，给琼森包扎。然后，他站在厨房的左侧，气愤得面无血色，浑身发抖。他紧握拳头，歇斯底里地骂道：

"你会遭报应的，海狼！你只配下地狱，你这个恶魔！"

除了利奇，谁都不敢这么肆无忌惮地对海狼叫骂。我禁不住有些佩服这个孩子的胆量。

海狼安静地望着利奇，仿佛十分好奇。他为这个生命的狂躁和跳跃而兴奋不已。每个人都以为海狼会发威，但是他没有，他只是不动声色地盯着利奇。

利奇仍旧大骂着。这时，马格里奇从厨房里溜了出来，他准是犯傻了，居然回过头来，对利奇说："这话真难听！"利奇的怒火终于找到了发泄之处。厨子刚说完，就被利奇打翻在地。

"老天爷，救命！救命！"厨子大声呼叫着。

这突如其来的转变，简直就像一场紧张戏剧的幕间喜剧，一

阅读理解
与路易斯形成了鲜明的对比，说明利奇受到现实毒害尚浅，他是水手中唯一一个敢于反抗强权的叛逆者。

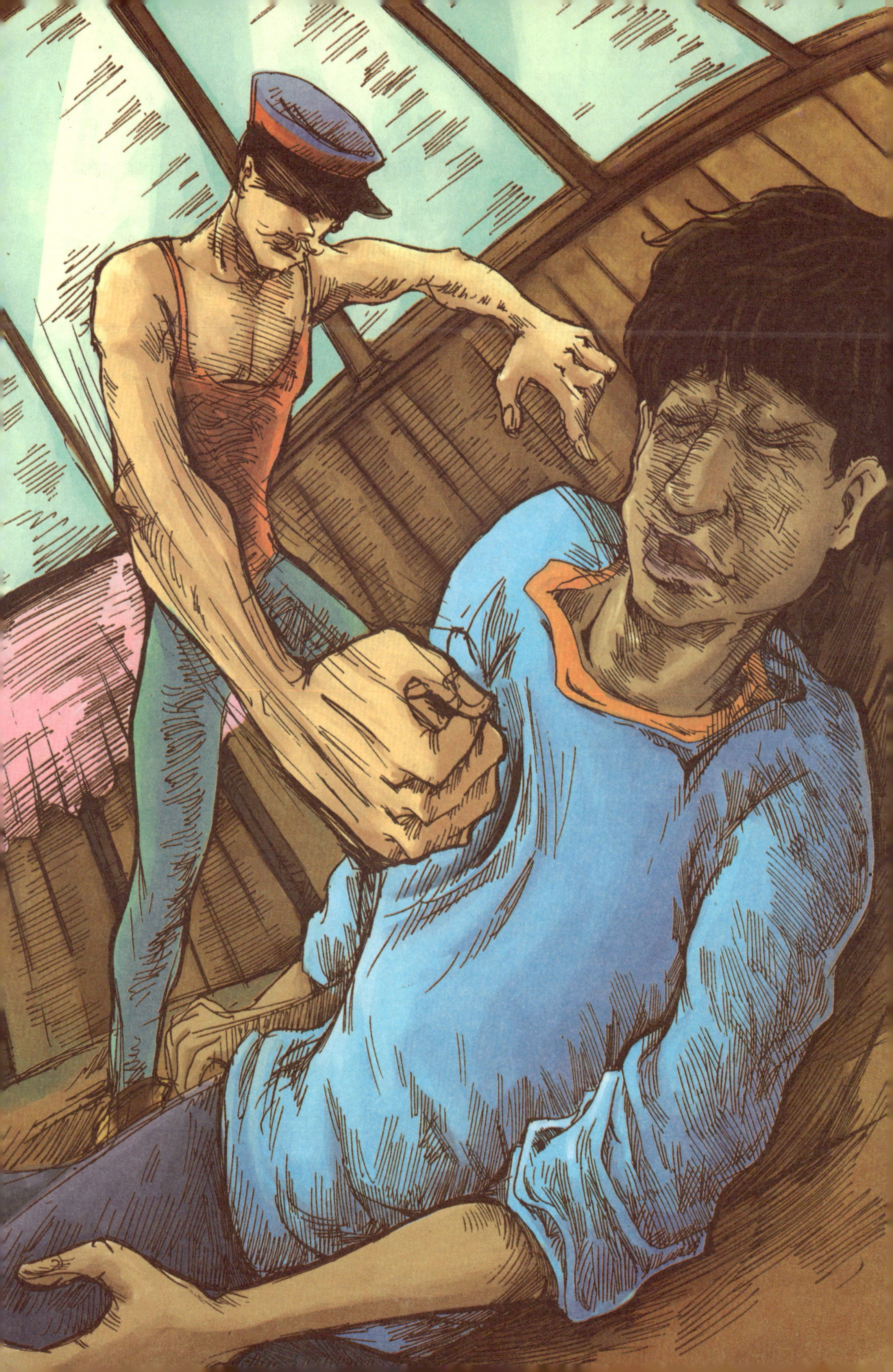

下子便消除了船上的紧张气氛。猎手们和水手们都大笑不止，我也暗暗地有些高兴。海狼却继续一言不发，只是好奇地注视着刚刚发生的一切。他好像在默默地观察和思考，竭力探究更多的关于生命的发现。

　　但是，暴力的狂欢只不过刚刚开始。下午，猎手斯莫克和亨德森打了起来，舱里响起了枪声。两个人都受了伤，因为他们不服从狩猎前不许打斗的命令，海狼就把二人狠狠揍了一顿。之后，他为两人包扎了伤口，"手术"没有麻醉药，只能用烈酒代替。

　　紧接着，水手舱里也发生了打斗，再后来是大副约翰森和拉蒂默。

　　一整天的暴力打斗让我很震惊。这与我先前的生活环境有着天壤之别。这里的船员之间充满了仇恨，好像不把对方置于死地誓不罢休。我躺在床上，辗转反侧，忽然觉得海狼的酵母哲学似乎更适合解释生命。我再也不是以前的我了，我和这艘船上的其他人没什么区别，刻在他们身上的烙印，也逐渐地在影响我。

名家点拨

　　暴力在这艘船上不断地上演着，在这里只有强者与服从者才能生存。凡·卫登渐渐明白，如果不想遭受痛苦，只有这两种选择。

第13章 平静后的大暴动

名家导读

凡·卫登在和船员们接触后发现,这些看似可怕、可恶的"野蛮人"实际上都是些在现实环境挣扎的可怜人。暴力事件后,船上得到了短暂的平静,但平静后却暗潮汹涌。

厨子因为受了伤,没有办法继续工作,海狼给了他三天假。我暂时代替厨子的位置,给大家做饭。大家对我做出的干净饭菜非常满意,连海狼也很赏识我的工作能力。

但到了第四天,厨子就被海狼从床上拖了起来。他遍体鳞伤,还跛着脚,连眼睛都睁不开。他抽着鼻子哭泣,但是海狼根本就不理会他。

"记住,不要再搞得那么油腻了!勤换你的衬衫!不然,我会把你扔下海喂鱼!"海狼厉声道。

马格里奇蹒跚着走进了厨房,但是船稍微一晃,他就有些站不稳了。他很想找个支撑物,谁知道身体一斜,他的一只手碰到了炽热的炉面上。只听"啊"的一声,一股烧焦的肉味扑鼻而来。马格里奇号啕大哭起来:"老天啊!我究竟哪里做错了?为什么所有的灾难都发生在我一个人身上!我可从来没有害过任何人呀!"

"什么机会也没有了。小时候,谁送过我上学,谁给过我面包,谁可怜过我?没有人!"

"不要紧,老弟。"我尽可能地安慰他,"日子还很长,一切都会好起来的。"

"骗人，一切都是骗人的！"他甩开我，又叫起来，"不会变好的，我生下来就是这样了。而你和我不一样，你天生就是绅士。你从来不知道饥饿是什么滋味，饥饿就像有只小耗子在你肚子里撕咬！"

"我想我天生就是受苦的命。我的一辈子，一半时间都是待在医院里的。看看现在的我，肋骨断了，隔一会儿就咳血。老天为什么这样恨我！"

这场倾诉持续了整整一个小时。过了一会儿，马格里奇终于平静下来，费劲地挪动着双腿，开始干活。正如他所说，老天似乎真的很仇恨他，不许他死。他的身体渐渐好起来了，但是人却变得更加恶毒。

几天之后，琼森也开始干活了，可总是无精打采的。在海狼和大副面前，他常常露出一副摇尾乞怜的样子，他的精神被彻底打垮了。然而，利奇却正好和他相反，竟敢与海狼和大副公开对峙。

一天夜里，大副骂了利奇一句，接着就有一件东西被砸到厨房的板壁上。然后，传出一阵咒骂声和哄笑声。我偷偷看了一眼，一把沉甸甸的小刀被扎进了板壁里。过了一会儿，大副跑来找刀，却没有找到。第二天，我悄悄地把刀还给了利奇，他非常感激我。

我渐渐受到大家的欢迎。斯莫克和亨德森躺在吊床上养伤，我很细心地照顾他们。他们认为我比专业护士照料得还要好，还说等拿到薪水，一定要好好谢谢我，但是我觉得我只是在尽自己的责任而已。海狼的头痛病又犯了，我被唤去服侍他。虽然我无法根治他的病，但我还是成功地说服他戒掉了烟酒。而像海狼这样的人竟然会头痛，真是奇闻。

船上的人都很喜欢我，可马格里奇还是依然恨我。因为我生来就拥有了他没有的一切。

船上的气氛渐渐有所缓和，我以为大概不会再有厮杀了。路易斯却不同意，他摇着头，说道："下一场悲剧很快就要来了，等着救人吧！"

"那谁会先动手？"我问。

"反正不会是我。"他笑了，"明年的这个时候，我还想看到我妈妈呢！"

他们这一群可怜的单身汉不停地相互折磨着。有时，我甚至觉得他们是另一个种族的，是半兽人的一类；他们一直生活在罪恶和残暴中，最后凄惨地死去。

这种新想法勾起了我的好奇心。晚上，我跟大副约翰森聊了起来，这是我上船后第一次和他闲谈。他说，他18岁离开了瑞典，现在他已经38岁了，这期间他从来没有回过家，在几年前遇到过一个老乡，听说他的母亲现在还活着。

"她现在一定已经很老了。"说这句话的时候，约翰森狠狠地瞪了哈里森一眼，因为哈里森偏离了航线的一个方位。

他说他好久好久没有给家里写过信了，最近的一次好像是在十年前。

"你看。"他说，他好像是对着在地球另一边被遗忘的母亲说话一样，"我每年都很想回去，可是每年都不可能回去。写信是没有用的。不过再过一年，我就能回家了。我现在是大副了，上了岸能拿500块。我还可以找一艘船，从合恩角到利物浦，赚更多的钱，然后再回家。那时，我的妈妈就不用干活了。"

"她现在还在做事吗？她多大年纪了？"

"70岁了吧！"他回答，"在我们那里，人从一生下就要干活，一直到死。所以我们都长寿，我会活到100岁的。"

这次的谈话却成了他留在世上的遗言。

当天夜里，我觉得舱房太闷了，想到甲板上睡。经过哈里森和罗盘针箱之间时，我发现他已经偏离了三个方位。我还以为他睡着了，谁知他的眼睛瞪得很大，注意力也十分集中。

我再次往前走时，看见船后的栏杆处有东西在活动，是一只手！它抓住栏杆，尽力向上爬，黑暗之中又伸出了一只手。难道是海怪吗？我奇怪极了。紧接着，露出了一个脑袋，头发还是湿淋淋的，这个人竟然是海狼！他的头受了伤，鲜血染红了他的右脸。

海狼迅速地翻了一个身，跳到甲板上。同时，他以飞快的速度扫了我一眼，想确定一下遇到的是什么人，是不是有危险。他全身都被海水浸湿了，眼里充满了杀气。

海狼低声问我大副去哪里了，我说我不知道。他又问哈里森，哈里森

很平静地回答，他也不知道。我想到别的地方找一找，但海狼说我不可能找到他。

于是，我跟着海狼来到前甲板上的水手舱里，三个本该值班的水手结果都在睡觉。海狼狠狠地扳过他们的脸，认清每一个人。海狼问："今天是谁在守望？"一个叫霍利约克的水手揉了揉眼睛，用颤抖的声音回答着，他看起来十分担心海狼会骂他。但是海狼什么也没说，恶声恶气地哼了一声，就快步离开了。接着，他躬下身子，钻进了水手舱。这件事看起来很奇怪，因为海狼是从不会到水手舱去的，再加上我刚才在甲板上看到海狼从海里爬上来，我想，一定是发生了什么大事。

我也是第一次去水手舱，我到现在还能记起那里的样子。房舱建在船头的两个圆窗之间，呈三角形。三面都是铺位，上下两层，可容纳12个人。房内的气味非常难闻，脏兮兮的衣服和鞋杂乱地堆放着。船一动，这些东西就发出响声。即使风平浪静，依然会有声音不断地响起。

这里有8个人在睡觉。但是他们真的都睡着了吗？还是有人刚刚才睡？这显然是海狼想知道的，他要找出那个假装睡觉的人。

海狼取下摇曳的风灯，让我拿着。他从右边第一个铺开始检查。那上面睡的是奥夫特，他呼吸均匀，看上去就像一个女人。他的一只手搁在脑后，另一只手放在毯子上，海狼握住他的手腕，测量他的脉搏。他醒了过来，但和睡着时一样平静，大睁着眼睛望着我们。海狼示意他不要发出声音。

路易斯睡在奥夫特的下面，他热得汗流浃背，却依然睡得很沉。海狼把脉时，他还不自觉地动了起来，说起了梦话："一先令是半美元的一半，三便士得留心，不然老板会当成六便士塞给你。"然后，他翻了一下身，继续说："六便士是皮货匠，一先令是一个步兵。但是我不知道二十五金镑是什么。"

看来，他们两个人是真的睡着了。

紧接着，我们检查了另一张床。利奇睡在上面，琼森睡在下面。海狼弯下腰，把着琼森的脉。睡在上面的利奇突然探出头来，他一定是看出了海狼的奸计。这时，我手中的灯突然被打落了，水手舱立刻陷入了一片黑暗。

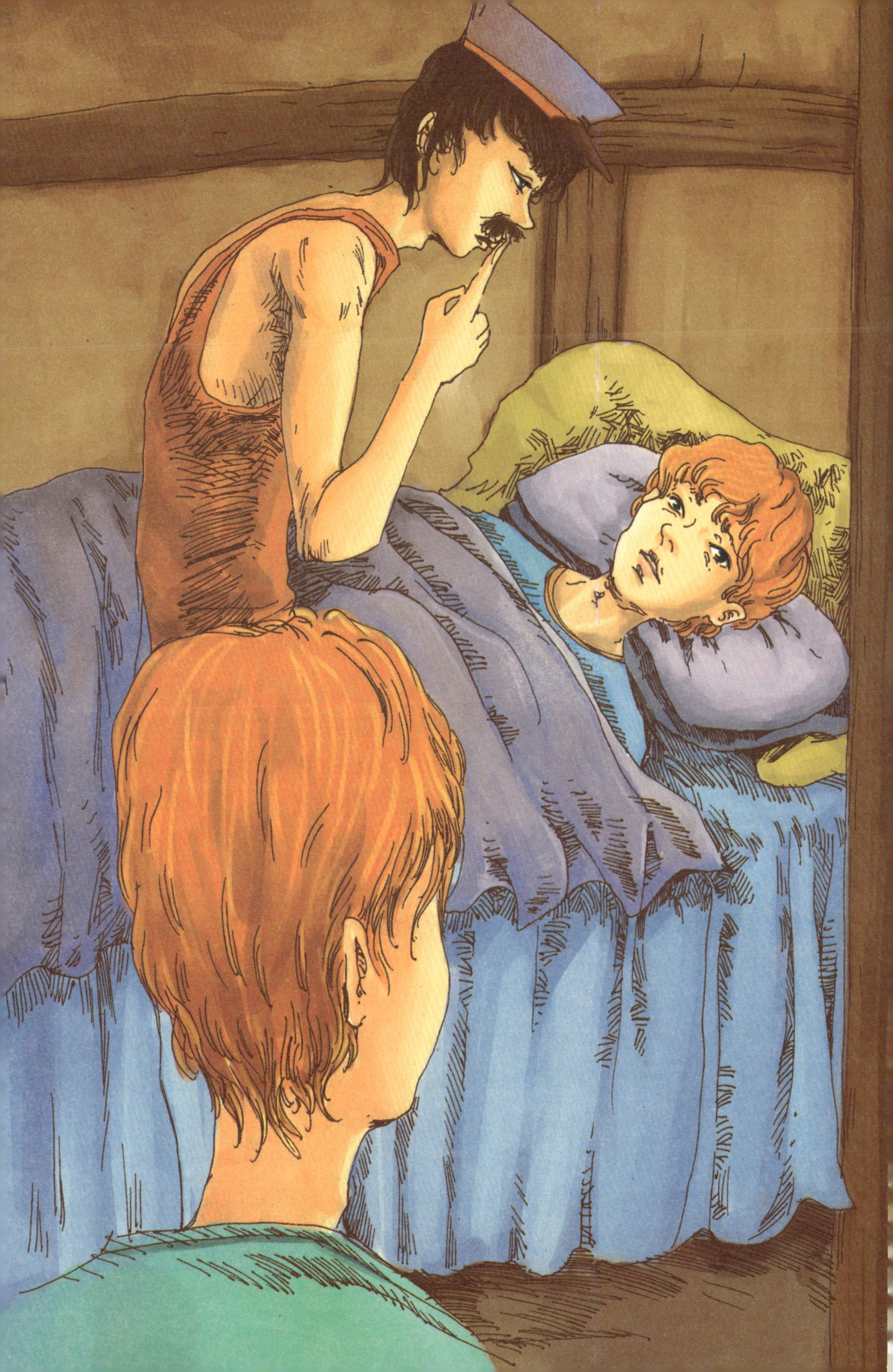

黑暗中似乎传来公牛和豺狼搏斗的声音。海狼和利奇都在怒吼着，琼森也加入其中。看来，前几天的和平只不过是假象罢了。

一定有很多人想杀死船长和大副，从声音上就能知道，利奇他们得到了援助。

"谁去拿刀？"利奇大叫起来。"把他的脑袋砍下来！"琼森也在喊。

海狼被包围了，我觉得他肯定会死。我夹在挤来挤去的人群中，被撞得浑身是伤。幸运的是，我总算爬到一张比较安全的空铺上。

"抓住他了，抓住他了！快动手啊！"利奇大喊着。

"谁呀？"真睡着的人不耐烦地喊叫，看来他们还搞不清情况。

"那个该死的大副！"利奇狡猾地回答。

这句话引起了一阵阵狂欢。七个人猛压到海狼身上，想制服他，我觉得只有路易斯没有动。

"什么事，下面在干什么？"我听见拉蒂默在上面叫，但是他不敢走下来。

"谁把刀拿来？"利奇再次恳求。

攻击者太多了，一时混乱不堪，海狼趁乱逃到了楼梯口。他正想跑出去，一堆人又扑了上来，拼命地按住他。就在这时，发生了惊人的事情：海狼凭借着自己手臂的力量，硬是站了起来，挺直腰，一步步向楼梯爬去。

拉蒂默的灯光照了进来。我看到，在舱口处，一大群人死缠着海狼不肯罢休，海狼的胳膊和大腿都被人死死地拽住。他被裹在人堆里，就像一只有很多足的大蜘蛛。他缓缓地带着这群人向上爬，有几次差点儿要倒下了，却最终稳住了脚步。

"那是谁？"拉蒂默问。

"海狼。"人群中发出沉闷的声音。

拉蒂默伸出手，很想把海狼拉上去，海狼也努力把手伸了上去。但是人们仍然不死心，死死地抓住海狼不放。有的人碰到了舱口尖利的边，被迫松开了手；有的人被海狼狠狠地踹了下去。利奇是最后一个掉下去的，摔在他同伴的身上。海狼和灯光一下子都不见了，我们都被遗弃在了黑暗中。

第14章 当上新大副（精读）

名家导读

海狼最终还是从众水手的包围中逃脱。这场暴动，大副成了牺牲品，出人意料的是，被称为"书呆子"的凡·卫登被任命为新大副，这让他无所适从。

当掉下去的人站起来后，黑暗中传来一阵呻吟声和咒骂声。

"谁擦根火柴，我的大拇指好像脱臼了！"帕森斯说。他是"斯坦地艇"上的舵手。

有人摸索了一阵子，点起了灯。大家都在灯光下疗伤。奥夫特抓住帕森斯的大拇指，使劲一拽，骨头马上恢复了原位。奥夫特的手指关节也裂开了，露出了骨头。他傻笑着解释，那是他在打海狼的嘴巴时受的伤。

"哼！原来是你！"对着奥夫特大喊起来的是个叫凯利的水手，他的嘴角裂开了一条缝，还带有血迹。他是克富特的桨手，还是第一次出海。

凯利和奥夫特准备打一架，却被利奇制止了。利奇虽然很年轻，可很显然，他已经是这些人的头领了。

"好了，凯利，别闹了。漆黑一片的，他怎么知道是你？"

凯利气愤地骂了两句，也就不再纠缠了。奥夫特因为利奇替他解了围，而报以感激的微笑。奥夫特看起来是一个漂亮的人，两只眼睛充满了柔情，就像一个女人。很难想象他是以打斗出名的。

此时，琼森正坐在铺位上休息。他大口喘着粗气，衬衫也被撕烂了，脸上的血都流到了胸上，又滴到了地上。他问：

"海狼怎么跑掉了？"

"他简直是一个魔鬼。"利奇失望地流着眼泪。

"你们谁都不肯把刀拿出来。"利奇无比遗憾地抱怨。

"海狼怎么清楚是谁干的，除非有人告密。"凯利杀气腾腾地说。

"他看我们一眼就全都明白了。"帕森斯说。

"告诉他，你的牙是从甲板上摔下来被磕掉的，而不是被他揍的。"路易斯有些得意，因为他身上没有伤，这表明他没有参加打斗。

"我们就说，我们以为来的人是大副！"一个人说道。另一个人接着说："我就说我听见打架，便从床上跳下来，然后下巴挨了一拳。舱里那么黑，谁知道是谁啊！"凯利很赞同这个说法。

利奇和琼森都默不作声，他们俩是不可能逃脱责任的。

利奇发怒了："你们这些可恶的家伙，要是少说些话，多用点劲，海狼早就死了。竟然没有人肯递给我一把刀！你们放心吧！他不会杀了你们的，他还需要干活的人。他只会冲着我和琼森来。现在，全都上床睡觉吧！"

"说得很对。"帕森斯说，"他也许不会杀了我们。可是从今以后，这条船就是活人的地狱了。"

突然，拉蒂默在上面高声喊着："书呆子，老大叫你过去！"

没有办法，我是藏不住了，只好无奈地站了出来。船舱里所有的人都惊呆了，他们以为我不在这里呢！

凯利赶紧堵住了我的去路，"想走？门都没有！你这个探子，我要把你的嘴堵上。"

"让他走！"利奇叫道。

"不行！把他放出去，我们就都完了。"凯利说。

"我说的，放他走。"利奇再次喊道。

凯利只好让开了。渐渐地，我对这些人起了同情和怜悯之心，

阅读理解

利奇叫了两次，也没有人响应，虽然他们都想让海狼死，但谁也不愿意把祸往自己身上引。

于是，我安慰他们道："放心，我什么也没有看见，也什么都没有听见。"

上楼时，我听到利奇对他们说，"他和我们一样痛恨海狼，他是不会出卖我们的。"

我来到海狼的房间。他已经脱了衣服，全身上下都是血，他正等着我呢！

"动手吧！医生。你多了很多实习的机会。这艘船上可真少不了你，要是我有高尚的情操，我会对你说，我真是太感激你了。"

我烧了水，准备为他包扎。他在舱房里走来走去，有说有笑的。我从来没有看到过他的身体，现在一看，我真是惊讶不已。这是一种了不起的美，坚实的肌肉在有光泽的皮肤下跃动着。他的脸虽然是青铜色的，可他的身体还保持着北欧人的特征，像汉白玉一样洁白。他的手臂，仿佛白色剑鞘里的宝剑。就是这双手臂，差点儿要了我的命。我目不转睛地注视着他，手里的棉花球一下子掉到了地上。

海狼察觉到我在观察他。

"上天真是把你生得很完美。"我说。

"是吗？"他回答，"我也常常想，它有什么目的。"

"目的是——"我张大了嘴巴。

"应该是有用！"他打断了我的话，"这个身体是为了有用而生的。肌肉是为了抓、撕和毁灭生命的。所有的生命都一样，但是我的肌肉更加有力。当他们威胁到我的时候，我就要抓住他们，撕裂他们，毁灭他们。对此，美观是多余的，有用才是真理。"

我不同意他关于"有用"的说法。于是，他让我摸一摸他的身体，他的肌肉真是像铁一样结实。接着，他又说道："脚是用来抓住地面的，腿是用来承受重量的，而手臂、手、指甲和牙齿是为了杀而生的。这可不是目的，应该说是'有用'。"

我辩论不过海狼。我见识到了这头原始野兽的战斗力，但是想不到的是，刚才的搏斗却没怎么伤到他。除了小腿像被狗咬过似的，头上破了几寸头皮，其他的伤都只不过是些挫伤和破皮。

我做完我该做的工作后，他说："我就知道你是一个很能干的人。我

们现在缺少一个大副,以后就由你负责吧!每月75块,他们以后都要叫你凡·卫登先生。"

"可我不懂航海术。"我吃了一惊。

"你不需要懂。"

"可是我不愿意当大副。"我反对地说,"我现在就已经够危险的了。我又没有经验,这样不高不低挺好的。"

他继续微笑着,对我的话不以为意。

"我可不愿意在这破船上当大副!"我大胆地狂吼起来。

他脸色突然变了,眼里露出凶恶的光。接着,他走到自己的房门口,说道:"晚安,凡·卫登先生。"

"晚安,船长。"我知道他是不会妥协,于是,只好无力地回答道。

名家点拨

反抗失败,换来的是更恐怖的黑暗,水手们的命运变得更加悲惨。从故事中的几个细节可以看出,反抗失败的原因并不仅仅是海狼的力量太强大,还有水手在长时间欺压下显现出来的懦弱。

第15章 惶恐不安的日子

名家导读

凡·卫登接受了大副这个职位，而海狼也为大暴动的事情开始对水手们实施报复，这让水手们苦不堪言。但是，船上有两个勇士，他们还执著地想要除掉海狼，海狼会怎样对付他们呢？

对于我来说，大副这个新职位是一个极大的挑战。我对大副的职责一无所知。幸亏水手们都尽可能地帮助我，特别是路易斯。但是猎手们对我可就没有这么好了，他们把我看做一个笑料。其实我也觉得自己非常可笑。不过，海狼在这件事上也帮了大忙，他把猎手们狠狠地骂了几次，又威胁了好几次，猎手们终于乖乖听话。现在，船上的人都叫我"凡·卫登先生"，海狼也只是在私下里叫我"书呆子"。

有时，风向改变了好几个方位，海狼也会让我去调整。我不知道该怎么调整，只好向路易斯请教。等明白如何操作后，我才敢发号施令。有一次，我刚下完命令，海狼就过来了。他静静地看着我把事情办完，然后和我并肩朝船尾走去。

"书呆子。"他说，"哦，对不起，是凡·卫登先生，我要恭喜你。我觉得你再学一点儿绳索和使帆的技术，积累一些对抗风暴的经验后，你自己都可以驾驶三桅船了。"

从前任大副死后，直到抵达捕海豹的地方时，是我在船上最欢乐的日子。我与船上的人相处得都很融洽。然而，前几次的经验告诉我，快乐之

下总是埋藏着不安的种子。

对于水手们来说，他们的日子过得很不好。海狼把他们对他的殴打和谋杀都铭记在心里，时时刻刻都在找他们的麻烦。海狼会利用一些细节把水手们折磨得半死。有一回，半夜里，海狼把睡得正香的哈里森叫醒，让他去扶一把放错的油漆刷。他还让两个休班的水手都起来，让他们看着哈里森做。这种小事还有很多，水手舱里的人有苦难言。

海狼全力报复的对象是利奇和琼森。

而利奇和琼森寻找着每一个袭击海狼的机会，但是始终都没有成功过。有一次，利奇拔出一把匕首，朝海狼掷过去，匕首从海狼咽喉3厘米外的地方飞过。还有一次，他从后桅顶的横桁（héng）上扔出一把钢锥，差点儿扎到海狼的头。最后，那把钢锥砸进了甲板里，足足有5厘米深。利奇甚至还跑到猎手的住处去偷枪，但是被克富特抓住暴打了一顿。

我问海狼为什么不杀掉利奇，海狼却仰天大笑。"我想给生命找点刺激！"他说，"人生来就是赌徒，拿命去赌最带劲。我要让利奇的灵魂燃烧起来，这样，我才玩得快活。快活是把双刃剑。其实，我真的很羡慕利奇。他现在比其他水手都活得带劲，因为他有目标，他要杀死我！"

"你这是胆小！"我叫道，"你占了很大的便宜。"

"那我们两个人谁更胆小呢？"他板起了脸，"你要是真的伟大，就与他们两个人结盟去吧！可是你怕死，所以你忍辱偷生。但是我比你勇敢，我服从了自己的内在需求，但是你却没有。"

他的话像刀刃一样，反复切割着我的心。我越想越觉得应该和利奇、琼森他们联合起来，把这个恶霸除掉，这样大家才会活得幸福。有天晚上，利奇专门找到了我，拜托我在他们需要的时候帮他们一把。

第二天，我们快要到达汶莱特岛了，海狼再一次打败了这两个人。

他开口叫嚣道："利奇，总有一天我会把你宰了的！至于琼森嘛，你已经活得不耐烦了，估计不等我要了你的命，你就会自己跳下海去。"

我希望在装淡水时利奇和琼森能偷偷溜走，但是海狼不可能给他们这个机会。不过，哈里森和凯利倒是尝试了一回。他们在运淡水时改变了船的路线,想从左边绕出海岬。海岬外面是日本移民居住的村庄,那里直通内陆。他们如果能到达那个村庄,就可以摆脱海狼的魔掌了。可是亨德森和斯莫克早就把他们盯上了。他们察觉到哈里森和凯利有异常的举动,便不慌不忙地举起了枪,朝他们开火,子弹在小艇旁溅起了水花。那两个逃亡者拼命划起桨,但是他们的桨也被打碎了。凯利从船底掰下一块木板,却被扎得生疼。最终,他们放弃了,直到别的小艇把他们拖回船上。

接下来就是捕猎海豹了。一种阴影笼罩着整艘船:海狼头痛病又犯了;哈里森颓废地靠着舵轮;凯利蜷缩在水手舱的下风口,双手抱着头,绝望而无助;所有人都无法高兴起来。琼森趴在舱前,呆呆地望着船头溅起的水花,一脸忧郁的神情。我很替他担心。

我正要回后舱时,利奇叫住了我。"我想求您一件事,凡·卫登先生。"他说,"假如您能回到旧金山,请找一下我的爸爸马特。他开着一家修鞋铺,就在五月集市的面包房后面。请您一定要告诉他,因为我的事,给他造成了很大的麻烦,为此,我很抱歉。请代我说,'愿上帝保佑他'。"

我点点头,劝说道:"不用担心,我们都会回去的。到时你跟我一起去找他吧!"利奇苦笑了一下,"我不可能回得去的。"

我也被船上这种阴郁的气氛所感染,渐渐变得惶恐不安起来。如果不能避免悲惨的结局,那就让它快点来临吧!生命已经失去了光辉,越早结束越好。我望着无边无际的大海,觉得总有一天,我也会沉入这寒冷的深渊。

第16章 遭遇大风暴

名家导读

人为的灾难还未完全平息,大自然又向"恶魔号"发起了猛烈攻击。在与大风暴的这场战斗中,人显得是那样的渺小,生命变得如此的脆弱。但是,也正是这次大风暴,让凡·卫登变成了一位真正的勇士,他再也不是以前那个懦弱的"书呆子"了。

  我们的船继续向西北航行,一直到了日本沿海。紧接着,我们开始了狩猎。我们就像是屠夫,把捉来的海豹的皮一张张地剥下来,再用盐腌好,为的只是给大都市里的太太们做肩上的装饰。船上到处都弄得滑溜溜的,各种用具都沾满鲜血。
  我的工作是负责登记豹皮的数量。船上因为屠宰海豹变得血腥又肮脏,我恶心得都快要吐了。但是,现在开始我可以施展我的管理才能了,这对于改变我以前的娇弱是非常有好处的。虽然我的人生信仰还是没有变,但是海狼在小事上已经渐渐改变了我。他让我知道世上还有现实这种东西,使我懂得了如何生存。
  我和海狼越来越熟络了。等大伙儿都下海捕猎海豹时,船上就只剩下他、我,还有马格里奇。船上只有两个人,要想驾驶好船并不是件容易的事。因此,我努力地学习着各种技术。很快,我就会把舵了。现在,我可以在桅杆顶上来去自如,仅靠双腿也能站稳。
  有一天,天气非常好,六只小艇都被放出去捕猎海豹了。它们一只只远去,在天边消失。此刻,一丝风也没有了,我们不知道怎样才能跟随那些小艇。气压在逐渐降低，东面的天空使海狼紧张起来。他死死地盯着天边，说："如果东边刮起大风，我们就会处于上风向。到时，船上恐怕又要空出床位了。哦！那些可怜鬼可能会不幸丧生。"

上午11点左右，大海还算平静。到了正午时分，天气却变得闷热起来。乌云笼罩着东面的天空，向我们这边压过来，就像地狱里的黑山。我们的船仍旧摇荡着。

"这应该不是小风暴。"海狼说，"老天可能要用尽全力呼啸了。哪怕我们只收回一半的小艇，也会有得忙了。书呆子，你赶紧把中帆放松。"

"可是，只有我们两个人啊。这可怎么办？"我反问道。

"我们要趁着风暴没来之前先下手，赶上小艇。桅杆很结实，我们两个人只能勉强为之，虽然可能会忙不过来。"

这个时候的空气很沉闷。除了我们三个之外的所有人都还在海上，但黑云已向我们滚滚而来。海狼的神情变得异常严肃，鼻孔微微收缩，眼睛里却闪着一丝奇异的光。我知道此时的他是快乐的，因为即将到来的是他喜欢的战斗。

西边的天空也渐渐地变暗了。忽然一瞬间，我的脸上有一丝微风拂过。这是风暴的前锋到了。

海狼吼叫起来："厨子，把前帆下桁的索解开。风一来，你就放出帆脚索，拴紧索具。如果出了错，我们就都完了。懂吗？"

"凡·卫登先生，你去放松索具，跳上中帆，尽快张起帆来。"他似乎对我很放心，并没有用胁迫的语气。

海狼转过身去把舵，我去前面看着三角帆。微风依然缓缓吹过，暗暗传递着危险的信息。"感谢老天，风还没刮起来。"厨子叫着。

但我知道，如不收起帆来，全部的帆都会吃饱了风，这艘船就完了。

风渐渐地刮起来了，越来越强，船被吹得晃动起来。海狼往左打舵，我们开始放绳。我的心紧张得怦怦跳。趁着风力不大时，我赶紧爬上了中帆，将它们收起来。然后，我回到了后舱，耐心等待海狼的指示。

海狼对我很赞许，于是，让我来掌舵。狂风掀起了滔天巨浪，我们的船顺着风飞驰起来。海狼觉得不需要我驾驶了，就命令我爬上桅顶，寻找小艇的踪迹。于是，我爬到了高于甲板21米的前桅的横桁上。我知道，想救伙伴的命就必须要快。但是，我怀疑小艇可能早就被大浪打翻了。

船顺风而行，被浪花推着飞奔而去。这时，船突然颠簸得很厉害，我像一只钟摆一样，在空中来回摇晃着。有一次，我被剧烈的晃动吓坏了，但一想到海里的同伴，我马上镇定下来。突然，一道阳光射了出来。借着这点儿光亮，我发现海里有一粒蹦来蹦去的小黑点。我立刻向海狼发出信号，他迅速地改变了航向。

那黑点越来越大，海狼向我发出停船的指令，让我下来。

"魔鬼出来了，千万不要害怕，做好你自己的事情就可以了。让厨子拉住前帆的帆索。"他吩咐道。

我艰难地向前走着，甲板渐渐被涌上来的海水淹没了。我吩咐完厨子，便爬上了前桅。我们的船离小艇已经很近了，船头对着风浪，船后就是桅和帆。我看到小艇里的三个人都在掏水。突然，一个巨浪将小艇淹没了，我焦急万分；紧接着，小艇又飞立在浪头上，那三个人仍在奋力掏水；又过了一会儿，小艇却栽了下去，船尾朝天……这场面太惊险了，那只小艇随时都有可能被大海吞没。

海狼马上改变了航向。我开始有点儿疑惑，后来才知道，他是想把船停下来。船头对着巨浪，风暴扑面而来，而我恰好迎风站着，正撞上这堵"高墙"。我被呛了一下，简直无法呼吸。浪花在我头顶翻涌着，我急忙侧身，那巨浪便砸到了船身上。又一个浪头向我打来，这次，我被击中了，几乎快晕过去了。接着，我被卷入浪涛中，嘴里呛进了海水，身体也被冲得东倒西歪。但是，当时我只有一个念头，就是把斜桅帆拉起来，使它对着风。那时候我竟然一点也不怕死了，但我坚信我会胜利的。这时候，我看到海狼站在舵边，与风暴勇猛地搏斗着。

后来，我爬上甲板，看到"恶魔号"被风撕扯着，前帆和前中帆都被撕成了碎片，帆索和支索断了，帆底的横杆也断了。前帆斜桁落了下来，它差点儿砸到我，可是我一点儿也不害怕。海狼正在主帆旁，用他那超人的臂力拉起了主帆。他的身体被白色的浪花不停地击打着。紧接着，我快速跑到斜桅帆处。风力很大，我想把帆收起来，于是死命地往回拽。我的手都被磨出了血，但是我不放弃，我一点点地把帆拉回来。这时，海狼过来了，我让他替我拽着帆，而我则赶快去收回绳子。正当我收拾绳子时，海狼高声嚷道，"喂，快，快过来！"

我跟着他过去了。船上虽然很乱，但总算是稳住了。然而，许多帆都被风扯坏了，只剩下主帆和斜桅帆还能用。海狼清理着索具，我仔细搜寻着小艇。在下风处不到六米的地方，我们终于发现了一只小艇，便正对着它驶了过去。只要索具钩住它的两头，我们就可以把它拉上船，然而真正做起来可不是容易的事。

小艇头上是克富特，中部是凯利，尾部是奥夫特。小艇随着浪高涨起来，我们却坠入了浪的谷底。接着，我们又升腾起来，可是他们又沉了下去，像天平的两端那样偏来偏去。

然而，我已经算准了时间，以最快的时间把绳索扔给了克富特和奥夫特。索具瞬间钩住了那只小艇，三人赶紧跳上了"恶魔号"。不等海浪扑过来，我们就把小艇拉回了船上，把它底朝天地搁到甲板上。

我们绑好小艇后，海狼发出一串命令："凯利，去把主帆脚索放松；奥夫特，去把斜桅帆转过去；克富特，去看看厨子；凡·卫登先生，请爬上桅杆，把那些没用的东西扯掉！"

吩咐完后，海狼就跳到舵轮旁。我拼命爬上桅杆，刚爬到一半，飓风便把我压到了索具上，我想掉下去都难。一个巨浪打了过来，船再次卷入浪中。我只看见有两根桅杆露出海面，我们的船就好像海面上浮起了鲸鱼的脊背一样。

我继续寻找着其他小艇。半个小时后，我发现了另一只小艇，它底朝天地漂浮在海面上，霍纳、路易斯和琼森紧紧抓着它不放。跟上次一样，我们用了同样的方法，把这只小艇弄上船。还好，三个人都安然无恙。

海上的风浪还是很大，"恶魔号"再次调转方向，却一下子沉入水中，足足好几秒。我觉得这次可能无法再上来了。但是，海狼粗壮的双臂又一次冲出了水面。他简直就是一个神，能够操控风暴，朝着目标前行。

天色越来越晚了。就在最后一丝阳光要消失时，我们发现了第三只小艇。它已经翻了，可是周围没有人。海狼想用前面用过的方法向小艇靠拢，但是他不小心偏离了12米，小艇从船后滑了过去。

这是四号艇，艇上的亨德森、威廉斯和霍里奥克都不见了。海狼想收回小艇，企图冒险试一试。"不管是什么魔鬼，我绝不会让你夺走小艇！"海狼咆哮道。可是，他的声音却被淹没在怒号的巨浪中。

"凡·卫登先生！"他大叫着，"你和琼森、奥夫特到斜桅帆边去！其他人到主帆去！抓牢！不然，我就把你们都丢进海里！"

我们都不敢违抗命令。我想抓住前桅杆脚下的栏杆，但是没有抓住，被海浪卷进了海里。幸亏有一双手把我拉了回来，救我的人是琼森。然而，凯利却失踪了。

海狼采取了另外的方案。船顺风而去，船身向右一斜，从左边掉过头来。我们再次冲着小艇驶去，这次成功了。等我们把小艇拽上来一看，才发现它早已残破不堪，惨不忍睹。我们又忙活了两个多小时，一一收好船上的帆。等弄好后，我整个人都瘫软在甲板上。

马格里奇被其他人拖到了外面，看起来被吓破了胆。这时，我才发现，原来的厨房已经变成了空甲板。

一场惊心动魄的"搏斗"就这样结束了。在房舱，救回来的人都到齐了。大家聚在一起，啃着硬面包，喝着咖啡和酒。我觉得我从来没有吃过这么好吃的食物，没有喝过这么香醇的咖啡。船依旧在颠簸着，但是海狼说不用守夜了，因为已经没有必要了。大伙儿便都去睡了。克富特和马格里奇受了伤，于是，我和海狼成了船上的医生。

海狼对凯利的消失并不关心，他只关心他的小艇，还有三只小艇没找到。我的指尖疼得厉害，船又在剧烈地颠簸着，这种情况下，我原以为我会睡不着，谁知我很快就睡着了。我想我实在太累了。整个晚上，没有任何人掌控"恶魔号"，船飘来荡去的，独自与风暴搏斗着。

第17章 海上漂来的女人（精读）

名家导读

风暴过去了，船上残酷的生活依然在继续，有的人还是过着像狗一样的生活，有的人却在计划着逃跑。这时候，突然有一只载着遭遇海难的幸存者的小船出现在了"恶魔号"的面前，这些幸存者中还有一个是女人。这些人的命运会和凡·卫登一样吗？

第二天，风暴已经过去了，"恶魔号"继续向西航行。每艘海豹船都在搜寻自己的小艇和船员，大部分船都救起了一些其他船上的人员和小艇。我们又收回了其他两只小艇，斯莫克、尼尔森、利奇也都被找到了。我为利奇没能趁这次机会逃走而伤心，可海狼显得很高兴。我们的船没有因为少了四位船员而停止航行，它依旧跟随着海豹群的方向。

船上的生活还在继续着。琼森和利奇依旧被海狼威胁和殴打；马格里奇带着上次风暴时受的伤，干起了厨子和跑腿这两份工作；其他的人仍然过着像狗一样的生活。海狼和我相处得还算不错，他既使我恐惧，又使我惊异。我有时真的很想杀死他，但是有时候我又希望他能永远活着，去拼搏，去斗争。

到了六月中旬，我们进入了风暴地带。在那里，我遇到了令我永生难忘的台风，它改变了我以后的生活。

海狼运用他高超的航海技术又逃离了这次台风。与这次相比，上次遇见的巨浪只能算得上是微波荡漾。从前浪到后浪竟有805米远，连海狼都不敢逆风而行。结果，我们的船被吹到了很远很远的地方。

我想，我们一定被吹到了太平洋轮船的航线。但令人惊奇的是，在这里，我们又遇到了第二群海豹。于是，猎手们又开始大开杀戒。

这天晚上，我登记完皮毛后，利奇悄悄来问我，距离海岸还有多远的距离，横滨到底在哪儿。我明白他很想逃走，便把方位告诉他了，横滨在西北，大概距离这里926千米。他说了声"谢谢"，就匆匆离开了。

果然，第二天，琼森、利奇和三号艇不见了，他们还带走了其他艇上的食物和淡水。我暗暗为他们高兴，海狼大发雷霆，他下令全速追回他们。

大海茫茫，想找到一只小艇是很困难的，但是"恶魔号"加快了速度，在逃亡者必经之路上来回巡视。

到了第三天早上，斯莫克在海天之间发现了一个小黑点。"恶魔号"马上调转船头，朝着那个黑点全力驶去。海狼一脸胜利的表情，而我的心却沉了下去。想到海狼要对那两个人进行残忍的折磨，我一时冲动，就跑到猎手舱里，拿来了一杆猎枪。

可是，这并不是三号小艇，而是五个在海上遇难的人，其中还包括一个女人。这让船上的人都很吃惊，海狼却非常的失望。因为这不是他的小艇，小艇上也没有琼森和利奇。

等到小艇靠近时，我看清了那个女人的脸。她身穿一件宽大的风衣，海员帽下露出一缕缕棕色的头发，秀丽的鹅蛋脸，褐色的眼睛，甜美的嘴唇，她的脸没有被海风吹伤。

我一下子被这个女人迷住了，她就像是来自另一个世界。我一阵恍惚，差点儿忘记要去帮助这些人上船了。海狼把她拉上了船，她礼貌地冲着我们所有人甜甜地一笑。这时，我才记起，我已经很久没有见过女人的微笑了。

海狼的声音把我的思绪打断了，他让我把这位女士安排到下舱去。接着，他探问了其他情况。

阅读理解
与"恶魔号"上的那些魔鬼一样的人形成鲜明的对比。

那个女人简直是美丽的仙女。她的胳膊如此纤柔，她的身材如此婀娜多姿。我扶着她走下楼梯，给她搬了一把椅子。她说："不用费心了，他们说很快就能到陆地了。"

我很惊讶，她的想法太简单了。我真不忍心向她说出实情，但我还是说了。

"如果换成别的船长，我敢说你明天就能上岸。但是我们的船长很怪，请你做好心理准备。在这里什么事情都可能会发生！知道吗？"

她露出疑惑的神情，不解地问道："不是遇到海难的人都应该会得到帮助吗？这是件很小的事情，这里离海岸不是很近了吗？"

我安慰她："我也不清楚会发生什么。不过请记住，船长是个恶魔，他可什么事都干得出来。"

我们都不再说话了。我想尽快收拾好，让她舒适一些。我拿出药，帮她擦脸，又从海狼房间找来一瓶酒，并让马格里奇整理出那间最大的特别间。

我们的船在海风里破浪而行。突然，斯莫克大喊了一声，他发现了逃亡者。我看了那个女人一眼，还好，她靠在扶手椅上睡着了。她看上去很累，我真是担心接下来的残暴场面会吓坏她。

一时间，甲板上嘈杂起来，船身倾斜了。我上前一扶，那个女人不至于摔到地上。她睁开眼睛，疑惑地看着我。我带着她向特别间走去，并把马格里奇推出了房舱。他对我讽刺地一笑，跑到猎手那里，我被他说成是太太的跟班。我给她盖了两床被子，她的头枕着我从海狼那里拿来的枕头。一路上，她就这样靠着我睡着了。

名家点拨

利奇和琼森逃离了"恶魔号"，可是海狼还是对他们穷追不舍，在海狼的世界里，他不允许任何人践踏他的权威，他宁愿这些人死在他的铁臂之下，也决不允许他们逃离他的掌控。

第18章 见死不救

名家导读

那些被救上来的人也被迫成了"恶魔号"上的水手，而那位女士似乎还蒙在鼓里。这时候，逃跑者的船只被发现了，海狼没有遵守和凡·卫登之间的承诺，在玩弄了一番逃跑者之后，残忍地将他们抛弃在风浪中。这让凡·卫登再一次意识到，海狼是可怕的。

我和那些被救上来的人聊过后，海狼来了。他脚步很轻盈，眼睛也很有神。"一个四等机械师，三个加油工。"他对我说，"他们都会成为我的水手。那位女士怎么样？"

我听见他询问那位女士，心里忽然难受起来，便没有回答他。海狼又问她叫什么。我说："我不知道，她睡着了。我正等你的消息呢！那是艘什么船？"

他回答："油轮，'东京号'。从旧金山开往横滨的，在路上遇到了大风暴，船沉了。他们在海上漂了四天四夜。那位女士是小姐、太太还是寡妇？"我想把这个话题岔开"你……"我本想问他是否会把他们送到横滨，但是话到嘴边还是咽了回去。

这时，有人大叫起来，他们发现了琼森和利奇的小艇。

"你打算如何处置利奇和琼森？"我改口问道。

海狼摇摇头，说："我现在可不缺人手了。现在，我不知道。"

"你能对他们宽容一些吗？他们也是被逼的。"我说。

"谁逼的？"他问道。

"就是你！我也要告诉你，如果你做得太过分了，把我逼急了，我也会杀了你！"我大声吼叫起来。

"很好！"他叫道，"书呆子，你进步很快，我很喜欢你现在的样子。"

他语气一变，又问我是否遵守承诺。我说："当然。"

"那好吧！我们来个约定。"他说，"如果我不动琼森和利奇，你也要保证你不能杀我。"他补充道："我可不是怕你。"我对他的话有点儿吃惊。他真是个令人费解的人。他又问："一言为定？"

"好的，一言为定。"我回答。

我们握了握手，他的眼里露出一丝嘲弄的笑容。

我们来到船的背风面。现在，小艇上的情况简直糟糕透了。琼森在掌舵，利奇在淘水。海狼让船加速前进，我们的船和小艇渐渐持平了。琼森和利奇仰头望着我们，却没有人和他们打招呼。过了一会儿，小艇跃上浪头，我们的大船也沉了下去。琼森俯看着我们，我朝琼森挥了挥手，他也挥手作答。他的表情看起来很痛苦，就像是在诀别一样。利奇则满脸仇恨，死死地瞪着海狼。又一个浪头砸向小艇，艇上进了很多水。利奇又开始淘水，琼森掌着舵，脸色煞白。

海狼来到了迎风面，他让路易斯加快船速，"恶魔号"很快就追上了小艇。现在的"恶魔号"成了琼森和利奇的"诺亚方舟"。船上的人静静地等着海狼下令停船救人，但是海狼并没有停船的意思。他让船在小艇前面走走停停，故意引逗着小艇上的两个人。琼森和利奇别无选择，只好在后面紧追不舍。

"再过一会儿，他会让他们上船的。"我很有信心地说，"他只想惩罚他们一下。"

路易斯一脸不屑地说："你真这么想？"

"是的。"我说，"你认为呢？"

"我什么都不想，只是担心我自己。"他说，"旧金山的酒把我弄糊涂了，那个女人把你弄得更糊涂。你是个快活的呆子！"

"你这话是什么意思？"我问道。

"我什么意思？是你问我的。这一切都是海狼做主的，是海狼！"

我说："如果出了事，你会帮我吗？"

他说出了我所担心的事情。"帮忙？我只会做自己的事。"

"没想到你是一个胆小鬼。"我瞪着他。

他瞟了我一眼。"我可没动过那两个傻瓜，"他指着利奇和琼森的小艇说，"我也不会为哪个女人打破头。"

我气愤地走开了。

此时，传来海狼的命令，他让我放下中帆。这说明他不想船开得太快，我对利奇和琼森稍稍放心了。

"恶魔号"停到距离小艇几千米外的地方。全船的人都望着那只小艇，海狼也不例外，但是他却毫无表情。路易斯盯着海狼，满脸的忧虑。

小艇飞速前进着，就像一条大鱼，忽上忽下，在海面上跳跃着、翻腾着。看着它时隐时现，人们的心都卡在嗓子眼儿里，生怕它再也浮不出水面。一场小小的暴风雨后，小艇快要赶上我们了。

"快，转舵！"海狼大叫起来，水手掌起了舵。

大船再次开动了，小艇差不多又跟随了两个小时。大船就这样开开停停，小艇始终跟在后面。终于，在相距200米的地方，一阵猛烈的雷阵雨把小艇淹没了，此后，它再也没有出现。

船上显得异常安静，没有人说话。大家都惊呆了，海狼是如此的可怕、残忍，他们忍不住回想起刚才的那幕惨剧。接着，海狼又若无其事地下了一道道命令，船转向了北方，继续捕海豹，而不是去横滨。水手们换帆时，已经无精打采了，他们低声咒骂着，而猎手们却无动于衷。

机械师一脸惨白地来到我身旁，全身都开始颤抖。他小心地问："天哪，这是一艘什么船呀？""你自己看吧！"我又气又怕，毫不客气地回答他。"你的承诺呢？"我质问海狼。"我只说过不动他们，但我可没说让他们上船。"他冷笑了一声，"不是吗？我一点儿都没动他们。"

我脑子里乱轰轰的，但是我很清楚，我要保护那位女士，这才是我最大的职责。我一定要冷静下来，为了帮助她，绝不能做冲动的事。

第19章 海上遇知音（精读）

名家导读

那位叫莫德的女士竟天真地以为，海狼真的会把他们送到日本，这让凡·卫登更加怜惜她。让人惊喜的是，在一次聊天中，凡·卫登竟发现他和莫德之间有很深的渊源，这让他们的心走得更近了。

事情就这样过去了，船上又恢复了平静的生活。"东京号"上被救的人跟海狼吵闹了一番后，都乖乖地服从了安排。

我从机械师那里得知那位女士名叫莫德。吃晚饭时，我请求猎手们把声音放低，好让莫德多睡一会儿。我很想和莫德单独进餐，但是被海狼阻止了，他觉得她应该和大家一起吃饭。

当莫德来到餐桌前时，所有的猎手都安静了下来。有的人在偷偷地看她；有的人不敢抬头，假装专心地吃饭。

"我们什么时候能到横滨？"莫德问道。

这时候，所有的耳朵都竖起来了，大家都在等着海狼的答案。

"三个月，也许四个月，要看狩猎什么时候结束。"海狼说。

莫德吸了一口冷气，疑惑地问道："可他们说到横滨只不过是一天的航程。您这样是不对的。"她看了看周围的人。

"这个问题你可以问问凡·卫登先生，"海狼对我一笑，继续说，"在对错这个问题上，他可是权威。而我只是一个水手，什么都不懂。你要和我们待在一起，显然，这是你的不幸，但却是我们的幸运。"

莫德低下头，又抬起头，期待地看着我，似乎渴望从我这儿得到好的答案。

"如果你在这几个月里有什么事情的话，那就太不幸了。但你去横滨休养，也就是为了增强体质。我觉得，再没有比'恶魔号'更合适增强体质的地方了。"我说。

她的眼里喷出怒火，这让我觉得很惭愧。

"你看凡·卫登先生，想当初，他上船的时候瘦得像一根竹竿一样。是吧！克富特？"海狼揭我的短。

克富特听到海狼提及他的名字，吓了一跳，连刀叉都掉到了地上。他战战兢兢地回答说："是的。"

"凡·卫登是从削土豆和洗盘子干起的，是吗？克富特？"

"是。"克富特吐出了一个字来。

"你看，凡·卫登先生现在都能用自己的腿走路了。以前他可是躺着生活的。"

猎手们都大笑起来。莫德用同情的目光看着我，这让我觉得很温暖。可海狼的嘲弄却使我非常恼火。

"我是已经能用自己的腿走路了，但是我从来不会用脚去踩别人。"我说。

我的目光落在我的手上。这双手已经不堪入目了，手指烂了，指甲里满是污垢。我的胡子好久都没有刮过了，上衣早就破了，衬衫的纽扣也不见了，腰上还挎了一把短剑。也许在莫德的眼里，我就是这样一副野蛮邋遢的鬼样子。

莫德听出了海狼的嘲讽，又同情地看了我一眼。她满脸疑惑，还搞不清楚现在的状况。

"也许有别的船可以带我走。"她说。

"这里除了海豹船，可没有别的船了。"海狼回答道。

"我一件换洗的衣服都没有。"她反抗道，"你好像不清楚，我又不是男人，我过不惯你们这样的生活。"

阅读理解
船上的生活已经完全改变了凡·卫登。

"放心吧！你会慢慢习惯的。"海狼说，"我会给你针、线、布。你自己做衣服吧，不会很难的。"

莫德一听，便露出恐惧的神色，但又倔强地极力掩饰着。

"我想，以前一定有人服侍你吧？那你是靠什么生活的？"

她渐渐流露出恐慌的神色。

海狼解释道："我没什么别的意思，只是人都有生存的手段。像我们吧！以捕猎海豹为生；我还要驾驶船；而凡·卫登先生现在已经可以为我打下手了。你呢？你要干点儿什么呢？"

她耸了一下肩，说："我这辈子恐怕都要靠别人生活了。"她虽然很害怕，但还在想着如何回答他。

海狼告诉她，如果是在美国，那些不劳而获的人都要被投入大牢。接着，他又说："如果我是那位总讲对错的凡·卫登先生的话，我就会问，你既然不能靠自己生存下来，那你凭什么有活下去的权利呢？"

她嫣然一笑，说："你不是凡·卫登先生，我可以不用回答你的问题。"

"那你凭自己的本事赚到过一块钱吗？"海狼满怀信心地问，似乎他早就有答案了。

"当然。"她一字一顿地说，"我记得在我还是一个小女孩的时候，爸爸给过我一块钱，因为我坚持了五分钟都不说一句话。"

我们都不禁笑了起来。

"你总不会让一个孩子去自力更生吧？"她说。

"但是现在。"她停了一下，"每年大概赚1800块吧！"

猎手们都惊呆了，海狼露出了赞许的表情。

"那就是一个月150块了？放心，在'恶魔号'上也不会少你的。"

莫德仍然摸不透海狼到底想要干什么。海狼又问她从事何种

阅读理解

那些猎手们无法想象文明世界里是靠脑力赚钱的，他们单纯地认为体力是赚钱的唯一手段。

职业，生产什么，需要哪些工具。

"墨水和纸。"她笑道，"还有一部打字机。"

"那你是写诗的莫德！"我断言道。

她惊奇地看着我，点头默认了。海狼疑惑起来，而我显然已经占了上风。

"我曾对一本小册子发表过一些评论　　"我漫不经心地说。

她突然打断我，瞪圆了眼睛，叫道，"你就是——"

我微笑着点了点头。

"你是写批评的凡·卫登。"她轻吁了一口气。

"我一直记得你的那篇评论，你真是太过奖了。"她好像有点儿害羞。

"没有，那是因为你不相信我的鉴赏力。兰先生不是把你的《亲吻痛苦》列入'四首最佳十四行诗'之中了吗？"

"但你称我是'翱翔在天空的夜莺'！"

"难道错了吗？"

"不，我觉得太夸张了。"

我以一副学者的口吻说道："我的评价一点儿也不过分。你那七本诗集和两本随笔集都在我的书架上。这些作品和你的诗都是一样的优秀。不久的将来，批评家们都会称你为'翱翔在天空的夜莺'。"

"谢谢你的宽厚与赞赏。"她低声道。

"原来你就是莫德啊！"

"原来你就是凡·卫登！"她重复着，"你难道想写一部浪漫的海洋小说吗？"

"不，我可不会写小说。"

"你为什么总是躲在加州？我们住在西部的人想要见你一面真是难呀！你这第二位美国文学的宗师。"

她对我的赞美，我有点不敢接受了。

我们就这样滔滔不绝地聊着，忘记了周围的一切。此时，餐桌上只

剩下海狼一个人了。他背靠着椅子，饶有兴致地听着这来自另一个世界的对话。突然，我们都不再说话了。莫德望了海狼一眼，脸上露出了一丝惊恐。海狼站起来，尴尬地笑了笑："没事，你们继续讲。请讲下去，讲下去。"

我们相视一笑，不再聊了，起身离开了桌子。

名家点拨

在恐怖、荒蛮的世界里，凡·卫登邂逅了他的旧交——女诗人莫德。这个情节的出现给紧张刺激的海上冒险增添了一丝温情的色彩，也为接下来故事中两人的默契打下了基础。

第20章 弱者

名家导读

厨子在一场恐怖游戏中成了"意外"的牺牲品,而莫德目睹了这一切。她非常不能接受,简直都不敢相信自己的眼睛。为了保护单纯的莫德不受伤害,凡·卫登给她讲了在这艘船上弱者的生存之道,并教她如何在这里生存,莫德能接受他的建议吗?

我和莫德小姐交谈得很愉快,冷落了一旁的海狼,这让他心里很憋屈。而旁边的马格里奇,则不幸成了他的出气筒。马格里奇做的饭仍然油腻且难吃,他的衣服依旧沾满了污垢,海狼想找他的茬儿很简单。有一天,海狼恶狠狠地对马格里奇说:"我警告过你很多次了,厨子,现在得让你长点儿记性。"

听到海狼的话,马格里奇那沾满污垢的脸顿时变得惨白。水手们都很乐意把马格里奇扔到海里去,因为他做的饭菜是船上最差的。而当时船的时速不超过5千米,海面也很平静,即使被扔下海,也不会发生危险。但是厨子显然不想被扔下海,他那病怏怏的身子骨根本受不起冰冷的海水。

一场你追我赶的"游戏"就这样开始了。

大家的兴致越来越高,水手们在奋力追逐,猎手们都在旁边起哄。可怜的马格里奇现在像一条鳝鱼,几次溜过围堵他的人。他嘴角已经在流血,衣服也被撕得粉碎。船上已经没有地方可以躲藏了,他只好爬到了桅杆上。

这场"空中游戏"十分危险了。几个水手爬到桅顶横桁上,在那里守株待兔。奥夫特和布莱克凭借双臂的力量爬上了钢丝索。他们靠双手吊

住，想躲开厨子的"踢腿功"。奥夫特很聪明，他一只手拉紧绳索，另一只手抓住厨子的腿。过了一会儿，布莱克也抓住了厨子的另一条腿。三人扭打在一起，挣扎着滑了下来。

"游戏"就这样结束了。可怜的厨子哀号着，被拖上了甲板。海狼把一根绳子的一端拴在厨子的腋下，另一端系到帆脚索上。他一声令下，水手们便把厨子扔进了海里。船继续破浪前进，可怜的厨子被拖在后面。

莫德突然出现在甲板上，她看到了这残忍的一幕。

"为什么要如此捉弄人呢？"她问。

"去问海狼吧！"我平静地回答。心里有些担忧，但又有些激动。

她刚要去问，又看见奥夫特双手拉紧了绳子。她气愤地质问道："你难道是在钓鱼吗？"

奥夫特没有理她，忽然大叫了起来："有鲨鱼，船长！"

"快把他拉上来！快拉上来！"海狼大叫着，飞奔过去，他想尽快把厨子拉上船。可是船尾随着浪花下落，绳子一松，厨子便跃出了水面，鲨鱼也跟着蹿出了半个身子。厨子的脚应该是被鲨鱼咬了一下，他痛苦地惨叫起来。然后，他像一条被钓起的鱼，被甩到了甲板上。

厨子的右脚就这样没了，鲜血喷涌而出。莫德被吓坏了，脸色惨白，恐惧地望着海狼。海狼却微微一笑，向她解释道，这只是男人之间的游戏，而鲨鱼的出现只是一个意外。

可怜的马格里奇清醒过来。他滚到海狼的身边，一口咬住了他的脚。海狼依然镇静自若，只是用手指掐住了厨子的耳下颚，厨子的嘴就不自觉地张开了。接着，海狼毫不在意地走开了，仿佛什么都没有发生一样。

莫德非常憎恶这种场面，转身要离开。我马上走过去，扶着她回到了房舱里。她刚坐下，海狼就叫我去给厨子止血。我本是想照看一下受惊的莫德，但是她的眼神告诉我，还是快去救救那个可怜的人吧！

现在，我的外科手术有了很大的进步。只要海狼稍微指点一下，再加上两个助手，我就能顺利地完成任务。

海狼则跑去教训鲨鱼了。在他的指挥下，水手们用诱饵将鲨鱼弄上了

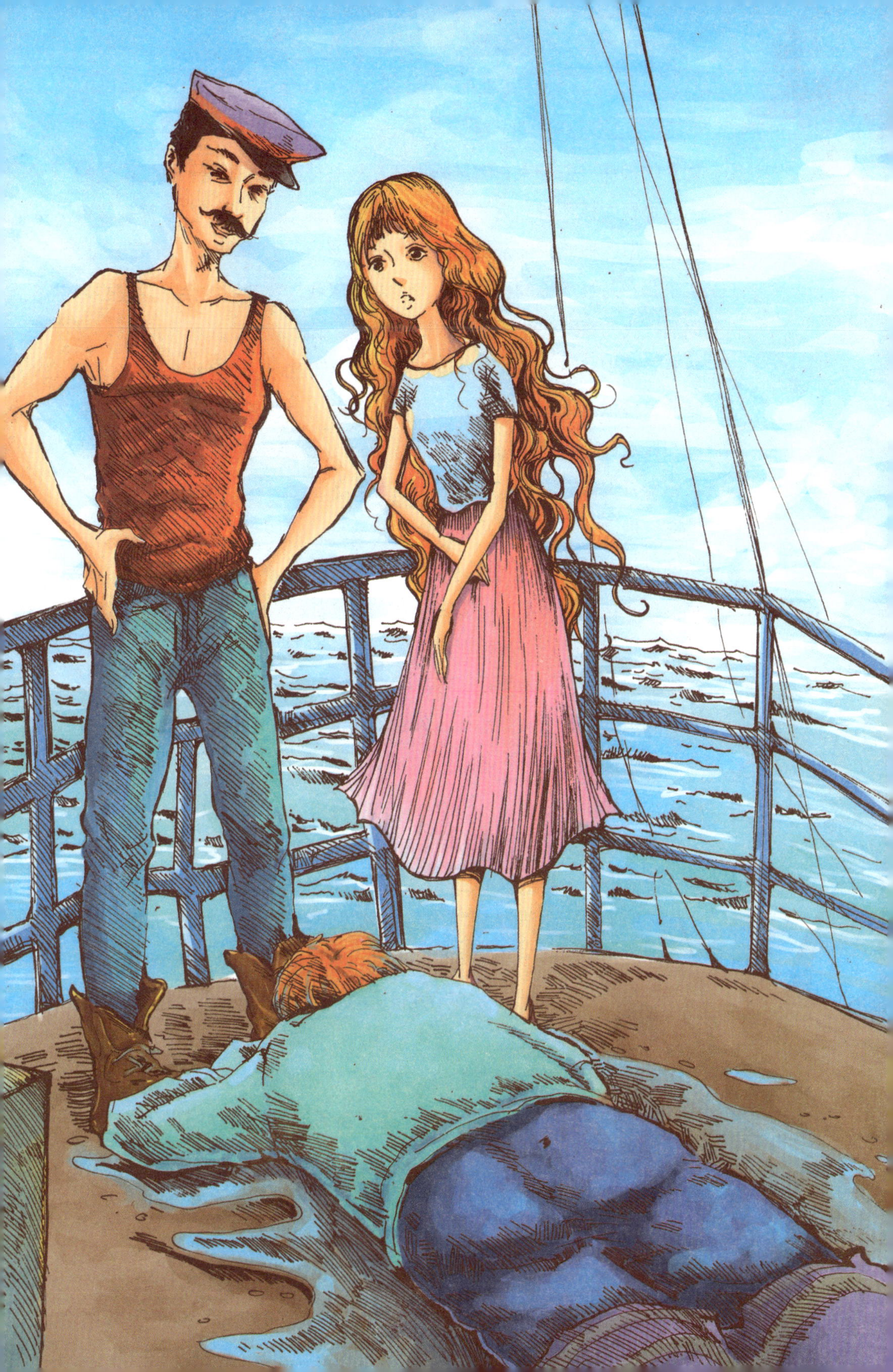

船，把它的大嘴巴撬开来，放进一根两端被削得很尖的木棒，再让鲨鱼的嘴合上。那根木棒还留在它的嘴里，这样鲨鱼就无法进食了。就算是鲨鱼罪有应得，但这种惩罚也太残忍了。

下午，在舵楼甲板的楼梯口，莫德叫住了我，我知道她会来找我的，也知道她找我的原因是什么。她神情很严肃，眼睛死死地盯着我。

我看了四周一眼，发现没有人。于是，我低声问："有什么事吗？"

她的表情依然很严肃，"早上的事就算是一个意外吧！但我听说，我们被救的那天，有两个人死在了海里，那是被故意淹死的，那是谋杀！"

莫德带着责备的语气，好像那个杀人犯就是我。

"对！是谋杀。"我承认了。

"你竟然会允许这样的事情发生！"她尖叫着。

我很平静，"确切地说，对此我也无能为力。"

"那你尽力了吗？"她特别强调了"尽力"这两个字。

她接着质问："你为什么试都不试一下呢？"

我感到很无奈，"莫德小姐，你在外面世界所学的人性、道德都是美好的，但那些在这里是行不通的。"

她还是不相信。

"那你的意思是想让我把海狼杀掉吗？"我问。

她吓得后退了一步。"不是的！"她叫着。

"那我该怎么办呢，自杀吗？"

"你完全是站在利己主义的角度上想问题。"她表示反对，"我相信道德、人性的力量是不会无效的。"

我笑了起来，"你既不让我去杀他，又不让我自杀，难道是要让他来杀我吗？"

她还想说话，但是被我制止了，"在

这艘船上根本就没有道德，利奇和琼森都很有道德，结果把性命丢了。要是我也表现出道德的话，你就再也看不见我了。"

"你要知道，莫德小姐。海狼是个恶魔一样的人！他根本没有道德观念，什么事情都做得出来。我只是他的玩具，你也是一样。我想活，我和他不能硬碰硬；你如果想活，你也一样。"

莫德还是不懂，我就继续说下去。

"我必须扮演弱者，忍辱负重，这是活下去的唯一方法。对付他，我们要斗智而不是斗勇。我们必须联合起来，无论他怎么侮辱我，你都要保持沉默。我们不能惹怒他，而是要装出对他很客气、很友好的样子。"

她还是一脸茫然。我压低了声音，"你必须按照我说的去做，以后你就明白了。"这时，海狼的目光从甲板上射了过来。

"那我应该怎么做？"她似乎有些焦虑。

我坦诚相告："不要想道德的事了，尽量平和地跟他讨论文艺，他对这类东西非常感兴趣。还有，不要再过问有关暴力的任何事情。"

"那我就得撒谎了。"她很无奈。

海狼已经向我们走来，我匆匆地说道："你可不要想用眼睛俘获海狼，这对我虽然很有效，但对他却丝毫没有作用。我很了解他。"海狼登上了舵楼的甲板，我赶紧转移话题，"编辑怕他，发行人不搭理他，但是我能够理解他。等到他的《锤炼》一出版，他的才华和我的评判都将得到了证明。"

"《锤炼》是刊登在报纸上的。"莫德随机应变地答道。

"是的，是刊登在报纸上。"我说。

"我们在谈论哈里斯。"这时，海狼走了过来，我跟他解释道。

"没错，那首诗写得很好。但是凡·卫登先生，你最好去看看厨子，他看起来好像有些焦躁。"

我就这样被支开了，厨子其实正在麻醉药的作用下呼呼大睡。我在那待了一会儿，才回到甲板上。莫德果然在按照我说的，和海狼聊了起来。这让我很惊讶，也很酸楚。

第21章 爱神光临

名家导读

在"恶魔号"上,凡·卫登邂逅了美好的爱情。在与莫德小姐的接触与交流中,凡·卫登不知不觉对她心生爱意。这给黑暗而恐怖的海上生活平添了一丝丝暖意。

"恶魔号"已经进入了北方的海豹群。北纬44°的附近,我们见到了成群的海豹。这是一个寒冷又多雾的海域,我们的小艇刚刚放出去,就被浓雾给淹没了。我时常想借着驾艇外出的机会逃走,但是海狼从没给过我这个机会。不然,我一早就带着莫德一起逃走了。

莫德她太美了,当她走近你时,她轻轻挪动的脚步,就像是白云慢慢地飘过来。她就像一件名贵的瓷器,我总觉得她一碰就会碎。我从没见过像她这样的人,肉体和心灵达到了如此完美的结合。她的人和她的诗一样都是纯洁高尚的,让我着迷。她与这里的环境非常不相称。

她跟海狼完全是两类不同的人,两个人形成了鲜明的对比。当他们俩站在甲板上时,代表了人类进化的两个极端:一个是文明的精华,一个是野性的代表。这真是一件很奇妙的事情。

今天,他们俩又在散步了。过了一会儿,她突然停下来,走到了我的身旁。表面上看,她似乎是很平静的样子,但是我可以感觉到她内心的恐惧。

我很快便明白了她恐惧的原因。海狼的眼里流露出温柔和爱慕,再也不是满眼的残酷和冷漠。显然,海狼爱上了莫德。莫德的恐惧也蔓延到我身上，我全身的血液都奔腾起来，我紧紧地盯着海狼。然而，他渐渐恢复了往常的样子，转身离开了甲板。

"我害怕极了。"莫德在颤抖，"我真的很害怕。"

我假装镇定，安慰她道，"一切都会好起来的，莫德小姐。你一定要相信我，都会好的。"

她向我报以感激的微笑，然后走开了。我高兴得忘记了周围所有的一切。这时候，海狼的叫声把我拉回现实。

"你在干吗？"他问。

我这才发现自己走到了水手们涂油漆的地方，还差点儿踢翻一个油漆桶。

"梦游？还是发烧呢？"他叫着。

"不，只是吃多了。"我说着，慢慢地走开，装作什么事儿都没有发生一样。

第22章 "恶魔号"遭遇"马其顿号" （精读）

名家导读

"恶魔号"还在按计划捕猎海豹，就在一个海豹密集的地方，"恶魔号"遭遇了它的强敌，这让"恶魔号"损失惨重。在这个生命卑微、嗜钱如命的世界里，利益被掠夺是绝不被允许的，即使对方是船长的哥哥。

在我爱上莫德之后的40个小时里，我体会到了前所未有的兴奋和激动。

吃午餐的时候，海狼突然宣布，以后猎手们都必须回到自己的房舱吃饭。这可是从来没有过的事情。原因是霍纳和斯莫克总是向莫德献殷勤，这本来是没什么的，可这让海狼很不高兴。桌上一片沉默，霍纳没表示有什么意见，但是斯莫克看起来似乎很生气。海狼盯着他问："你有意见吗？"没想到，斯莫克竟然装傻反问道："什么意见？"这倒令海狼有些尴尬。

"没什么，我以为你会反对呢！"海狼说。

"反对什么？"斯莫克继续装傻。

幸亏有莫德在场，海狼才会有所收敛，不然一场暴力冲突又要发生了。这时，外面突然有人叫了起来："烟！"

"在哪里？"海狼向上喊道。

"船尾，船长。"

"是俄国人的船吗？"拉蒂默猜想。

大家的神经马上绷紧了，他们可惹不起俄国人的巡洋舰。然而海狼笑着说:"没事。你不会被抓去采盐的。斯莫克,我愿意以五对一打赌,那是'马其顿号'。"

没人应声,他又说:"那我以十对一和你赌。"

拉蒂默说:"不赌,输点儿钱倒是无所谓,但你和你哥哥就是冤家对头,到一起准没好事。我愿意以二十对一打赌。"

大家都笑了,这顿饭总算顺利地吃完了。今天早上,风浪平息了,下午就能捕猎海豹了。当我们放下小艇时,马其顿号已经追了上来。小艇四面散开了,海上风平浪静,海豹挤得密密麻麻。看样子,今天应该会大丰收。

"马其顿号"离我们不到2千米了,海狼注视着那艘船。莫德好

阅读理解
拉蒂默的话暗示接下来海狼和他的哥哥之间会有一场战争。

奇地问:"是不是会有什么麻烦?船长。"

海狼看了她一眼,眼神突然变得柔和起来,"你所谓的麻烦是有人会来杀死我们吗?"

"差不多吧!我还不太了解这行,但不管发生什么,我都有准备的。"莫德平静地说。

"这很好,可你还没想到最坏的事情。"海狼说。

"还有比死亡更糟糕的事吗?"她问。

"盗走我们的钱。"他回答,"人是要靠钱活命的。"

"盗走我的钱,盗走的是脏钱。"她引用了一句俗语,还做了修改。

"盗走了我的钱,就是盗走了我的老命。"他回应道,"你弄反了那句话。他盗走了我的面包和肉,也就要了我这条老命。没有那么多救济粮,你只能悲惨地死去。"

"可是这和这艘船有什么关系吗?"

"等着瞧吧!"他冷冷地回答。

不一会儿,"马其顿号"就超过了我们。它开始放下小艇,我们只有五只小艇,可它有十四只。它赶到离我们最远的一只小艇处,开始放他们的小艇。这样一来,他们的小艇就占据了最有利的位置,而我们的小艇只能跟在它们后面,根本就捕猎不到什么好东西了。今天是狩猎以来难得的好天气,整个狩猎季节也很难碰上三四天这样的日子,可是我们的船却一无所获。船员们从我身边走过,嘴里都在咒骂着:"千刀万剐,不得好死。"

"听一听,他们的灵魂是什么?"海狼问,"美?爱?还是理想?"

"他们天赋的人权已经丧失了。"莫德插嘴说。

"噢!你这个感伤家!"海狼讽刺道,"又是一个凡·卫登。他们的叫骂不过因为别人挡住了他们的生财之路。他们想的只有薪水,有了薪水,他们就可以去岸上风流快活了。可是现在,有人抢走了他们的钱袋,同时也割走了他们的心。"

"你倒不像被抢走钱袋的人。"她微笑着说。

"这正是我和他们的不同之处。今天因为"马其顿号"的拦截,我们的船至少损失了价值1500块的毛皮。"

"你看起来好像并没有生气啊。"她说。

"那只是表面，其实我心里真的很想杀死那个抢劫我的人。"他又插了一句，"而那个人竟然是我的亲哥哥，呸！"

海狼渐渐地伤感起来，他对我说："你们一定很快乐吧！你们这些梦想家，总是在寻找善良的东西。那么，你们觉得我善良吗？"

"从某一方面来看，你真的挺善良的。"我回答得很谨慎。

"你有向善的潜质。"莫德也说。

"这些全是空话。"他有些恼火，向莫德叫道，"你的思想一点儿也不成熟。你有的只是一种感觉，一种由幻想产生的错觉，理性在这里是毫无用处的。"

接着，他的声音又变得柔和了，诚恳了，"你们知道吗？有时，我也想只沉浸在虚伪的梦幻中，得到片刻的欢愉。但是，我的理智告诉我，那是极度错误的。"

"我有时会怀疑理智的价值，伴随理智的很可能是忧虑。而情感的欢愉则更令人开心，因为你不必担心什么后果。你们总是那么快活，我嫉妒你们，真的很嫉妒你们。"

"请你们注意，我只是在理智上嫉妒你们，但这不是发自内心的。世人皆醉我独醒，我真的很厌烦，我真希望我也能醉一场。"

"就像一个聪明人在看一个呆子，然后他自己也成了呆子。"我笑着说。

"你们俩都是穷光蛋呆子。"海狼刻薄地说道。

"但我们和你一样潇洒自由。"莫德反对道。

"更潇洒，因为你们什么也没有。"海狼说。

"还因为我们向着永生。"她再次反驳。

"你和凡·卫登都一样。因为你们从出生就获得了一些别人没有的东西，你们凭借这些东西得到的价值，比我辛辛苦苦获得的东西价值还要大。"

阅读理解
在这个世界里，面对利益的冲突，亲情也变得一文不值。

阅读理解
正是社会的极度不公平，才产生了海狼这样的怪物。

"你可以换用别的钞票。"莫德带着嘲弄的语气。

"现在已经晚了,我的钱袋里早就塞满了古董。那些东西很顽固,别的钞票在我这儿行不通。"他懊悔地说道。

海狼没有再说话了。他望着一望无际的大海,沉浸在伤感与忧郁之中。我想,过不了多久,他又要兽性大发了。

名家点拨

这是一次强者与强者的较量,他们都在争夺海狼所说的那块最大的酵母。海狼的哥哥是野蛮世界里的另一个极端,他和海狼有着惊人的相似,但却又有着本质的区别。海狼是一个游离在文明与野蛮之间的综合体,而他的哥哥却是一个纯正的野蛮人,是野蛮世界最鲜明的代表。

第23章 海狼的反击（精读）

名家导读

海狼还是继续他的复仇计划，他要让他的哥哥见识见识他的厉害。一场海上的战争就这样开始了，最终海狼凭借他的计谋和暴力大获全胜，而他的哥哥则损失惨重。但是，复仇只是另一个仇恨的开始。

　　到了第二天早上吃饭的时候，海狼问我天气怎么样。我告诉他天气很好，只是在北方和西北方有一些浓雾。同时，他还很关心"马其顿号"的动向。这些情况和他的计谋有着直接的关系。后来，他去了猎手们的房舱。我和莫德静静地听着隔壁猎手舱里的动静，他好像跟猎手们说了些什么好事，大家一阵欢呼。可具体是什么内容，我们听不清楚。

　　紧接着，大家开始忙碌起来。水手们又在放小艇，猎手们都拿出了猎枪和子弹，但这次很奇怪，他们还带上了步枪和大量的子弹。他们平常是不会带步枪的，因为海豹如果被步枪击中，就会沉入海里，猎手们根本来不及打捞。看来，有什么大事要发生。

　　"马其顿号"像昨天一样，抢在我们前面放下了几只小艇。等放完后，它冒着烟向东北驶去，一边走一边又放下了更多的小艇。我很疑惑，便问海狼他要干什么。可他没有告诉我原因，只是简单地说要让他哥哥吃一点儿苦头。

　　海狼在掌舵，我打算去看望一下我那两位病人。尼尔森的腿已经好得差不多了，但是厨子仍然还处在悲痛欲绝中。命运把他摧残得死去活

来的，而他那残缺的身体依旧顽强地活着，这可真是个奇迹。我安慰厨子，说以后给他装上假肢就可以了。谁知，他严肃地说："我不知道你在说什么，凡·卫登先生。要是不看到那个恶魔死掉，我是不会罢休的。他一定不会活很久！"

我回到了甲板上，海狼仍然在关注着"马其顿号"的位置。我们的船迎着风朝西北方前进了。"马其顿号"有五只小艇已经渐渐掉队了，而我们的小艇正在奋力追赶。我们的船把速度加快了，竭力地向"马其顿号"的那串小艇驶去。他们和我们的船尾并列时，海狼朝他们招手，让他们上来"玩"。小艇上的一个猎手登上了我们的船。他有一脸的金色胡子，身躯巨大，足足有两米高，浑身都是肌肉。他刚开始还是很警惕，但是看到我和海狼后，他就放下心了。因为站在他身边的我们，看上去就像两个小矮人一样。

接着，海狼让那个猎手跟他去房舱里。他起初很犹豫，可他看了海狼一眼，可能觉得海狼对他构不成威胁，便镇定下来。那只小艇上的两个水手也跟着去了。不久，房舱里传来激烈的打斗声和愤怒的吼叫声。

我要莫德去猎手们的房舱待一会儿，但是她没有动。她现在已经不再害怕了。海狼出来了，脸上微微有些泛红。海狼终于把他们的小艇拉上我们的船。于是，我们朝着下个"马其顿号"的小艇驶去。

"恶魔号"开始追逐第二只小艇。我忙着照看索具和帆脚架，海狼让莫德躲到下面去，眼前的枪战已经让她大惊失色。

海狼微笑着说："下面可是很安全的，只有一个人被绑在螺旋环上。在这儿，子弹可能会伤到你的，我可不想看到你死。"

正说着，一颗子弹打了过来。他说："看见没？凡·卫登先生掌一下舵，好吗？"

莫德踏入升降梯，探出脑袋，微笑着说："我们或许是软弱的，但是我们可以向海狼船长证明，我们的英勇绝对不会逊

阅读理解
即使再懦弱的人，被激怒后也会有显现出可怕的力量，而被逼到绝路的厨子正在酝酿着他的复仇计划。

于你。"

海狼看了她一眼，说："我比以前更喜欢你了。你可真算得上女中豪杰，可以做海盗王的夫人了。"刚说完，一颗子弹又打进房舱的板壁上。莫德吓坏了。

我紧接着说："我可是比海狼船长还呀勇敢。"

海狼疑惑地看着我。

我说："你看我的腿都抖成这样了，可我的意志却控制着自己恐慌的肉体。而你的肉体却不害怕，你面对危险还能轻松应付。这样一来，我不是比你更勇敢吗？"

"说得太好了！这样的话，我不就比你还胆小了吗？"他大笑起来。

我们的船又加快了速度。海狼奔到船的中部，摆好了枪。而那只艇上的猎手却犹豫起来，因为他要是拿枪，就无法掌舵了。

海狼冲着他们大喊："到这里来，拐弯！"

海狼把绳子扔到了艇上，猎手在这时候进退两难。如果他拿起枪，小艇就会撞上我们的船，更何况海狼还瞄准了他们，他们只好选择投降。两个俘虏上了船，小艇也被拉了上来。

"我们的五只小艇，要是都能干得这么漂亮就好了。"海狼说。

"你打中的那个人——"莫德说。

"放心，他只是肩伤，没什么大碍！"海狼回答。

紧接着，海狼让我向小艇群靠拢。不一会儿，那边的枪声就停止了。我们俘获了剩下的两只小艇，现在七只小艇挤在一起，等着上船。

就在这时，"马其顿号"驶来了。海狼一点儿也不慌张，说："我一直盯着它呢！估计我老哥发现自己上当了，正朝这边赶过来呢！"他冷笑了一声，"我一定会打败你的，老哥！快点来吧！"

"马其顿号"喷着黑烟向我们这边扑过来，它并没有朝我们直冲来，而是想驶到我们前面。这两艘船像在画一个三角，交合处就在雾墙边。"马其顿号"要是先赶到，就能截住我们；而我们只有先到那里，才有希望逃脱。

海狼全神贯注地凝视着对方的每一个细节。他的眼睛时而盯着风向，时而盯着"马其顿号"，时而又盯着船上的帆。他发出一串命令，这里的帆脚索松一下，那里的紧一下，他想把船的潜能全部发挥出来。那些原先仇恨他的水手们，现在也团结一致，按照他的命令干了起来。他让猎手们拿好枪，在背风处待命。

　　我们的船离雾墙很近了。这时"马其顿号"吐出一道烟雾，接着，一

声炮响,我们的主帆上出现了一个大圆洞。不一会儿,又是两声炮响,我们的主帆上又出现了一个洞,可我们的船很快就钻进浓雾中了。

现在,我们的船好像到了另一个世界。太阳消失了,天空也消失了,连桅杆都看不见了。雾气非常重,我们的每一根头发和衣服上的每一个纤维仿佛都浸到了水里。面对这一切,我和莫德都很惊奇,而海狼还在聚精会神地看着。原来,他是在计算时间。

阅读理解

可以看出,海狼是个聪明、心思缜密的人。

"不要出声,到下风向去。"他对我低语,"收起中帆,叫他们去拉帆脚索。别让滑车出声,一定不要出声,千万记住了!"

我们又从浓雾中钻了出来,但是海面上没有了"马其顿号"的踪影。很明显,海狼想先把"马其顿号"引到雾里,然后我们再钻出来溜掉。这一招很成功,他哥哥显然已经上当了。当他哥哥知道了他的计谋时,我们已经逃脱了。

海狼很有把握地说:"他不会总是追着我们跑的,他还得回去收那些小艇。凡·卫登先生,你去找个人掌舵,按照这个路线前进就行了。我敢肯定,我哥哥肯定在船上对着我破口大骂呢!"

"现在,我想我们要为新来的人开个欢迎会。多给他们些酒。我保证明天他们就会为我海狼打猎。""你确定他们不会逃走?"我提醒他。

他狡猾地一笑,说:"只要老猎手有利可图,就不怕他们逃跑。新来的猎手每得到一张海豹皮,我就给老猎手加一块钱。今天,那些老猎手有如此大的热情多半就是冲着这个来的。好了,你还是赶紧去前面看看你的病人吧!"

海狼

名家点拨

　　海狼和他哥哥的争斗就像是野蛮世界里统治阶级的利益之争，他们互相残杀、争权夺利，却都是以牺牲下层阶级的利益为代价。而那些苦难的人却还为统治阶级的利益拼死拼活，全然不知自己只不过是统治阶级维护利益的工具。笔者借此来反应某个时代的弊端与悲剧。

第24章 再见，撒旦

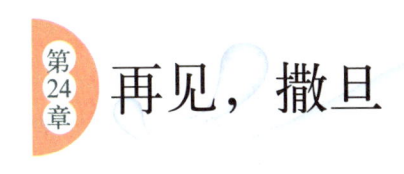

名家导读

凡·卫登已经无数次地见识了海狼的凶狠与残忍，他几乎要无法忍受了。终于，在海狼头痛病发之时，凡·卫登决定带着心爱的莫德逃离"恶魔号"，他们能成功吗？

我到了水手舱开始治疗伤员，而水手们正在此狂欢痛饮。所有人都肆无忌惮地打闹，大声谈论着白天发生的事情。"恶魔号"上的水手都在咒骂着海狼，向新来的人控诉海狼的野蛮和残忍。

我离开了这个嘈杂的世界，向甲板走去。猎手们的房舱里也非常热闹，但是没有人骂海狼。我走向了后舱，海狼和莫德正等我吃饭。海狼的情绪看起来很好。他的头痛也好久没有发作了，眼睛变得更有神了，全身上下似乎都充满了活力。他正和莫德谈论"诱惑"这一话题。

海狼解释道："你瞧，人的行动总是听从欲望的指挥。这种欲望可能是脱离苦痛，也可能是享受欢乐。"

"如果两种欲望发生冲突呢？"莫德插了一句。

"我正要说呢！"他说。

"其实在这两种欲望的选择中，一个人的灵魂便显现出来了。如果是善良的灵魂，当然会做善事，恶的则会相反。"莫德说。

海狼反驳道："简直是胡说！所有的人只会服从最强的那个欲望。例如有个人想喝酒，又不想喝醉，这就要看他是喝酒的欲望大，还是保持清醒的欲望大了。这和灵魂无关。除非，他是被诱惑才保持清醒。"

他转身来询问我的意见。我说："我认为你们两个都太极端了。欲望的总和就是灵魂，而你们都只是强调其中的一个方面，其实，欲望和灵魂总是统一的。"

"不过，我还是同意莫德小姐的话。不管你是否愿意承认，诱惑是存在的。举个例子，火要吹起来，才能燃成熊熊大火。欲望就是火，风就是那诱惑。有时，风煽起来，火没着。但是只要风在煽动，就是对火的诱惑。诱惑可以是向恶的，但也可以是向善的。"

能够为他们的谈话作个总结，这让我非常得意。但是今天，海狼谈话的兴致似乎很高，他仿佛有说不完的话。接着，他又谈到了爱情。在他们两个激烈地争辩中，我只是偶尔插一两句。这时，路易斯从楼梯口探出头来，低声说："要小心！雾已经散了，有只船的左舷灯正从船头转过。"

看来，我们还是没有完全摆脱掉"马其顿号"。海狼快速跳上甲板，拉好猎手舱和水手舱的舷窗和天窗，把嘈杂声关在里面。雾气已经渐渐消散，"马其顿号"出现在了我们眼前。如果嘈杂声传到敌人那里，我们可就完了。

海狼回到舵楼的甲板上，对我们说："幸亏他没带探路灯。这样，他们就看不到我们了。"

我低声说："假如这时候我大叫呢？"我故意想给他出个难题。

"那可就全完了。"他接着说，"但你想过接下来会发生些什么事吗？"

我还没来得及回答，他就一手抓住了我的喉咙。我的脖子差点儿就被掐断了，他马上放开了我。我明白了，我如果叫出声，我的小命就没了。

莫德问："那要是我呢？"

"我可舍不得你。"他温柔地说,"但是,如果你大叫的话,我还是会掐断凡·卫登先生的脖子。"

海狼又嘲笑道:"莫德,你不会想牺牲美国文坛的第二个盟主吧?"

我们都有些尴尬,于是便沉默了。等灯光消失后,我们回到房舱,接着吃刚才没吃完的晚饭。

饭后,莫德要回房舱休息了。海狼在原地站了一会儿,好半天才回过神来。他转过身,叫我先去睡,后半夜再来接他的班。

我回到舱里,没脱衣服就上床了,但是心里总是不踏实。我在周围的喧闹声中渐渐睡着了。突然,不知是什么东西惊醒了我。我赶紧打开门,就看见莫德在海狼怀里拼命地挣扎着,我立即扑了过去。

我一拳打在了海狼的脸上,但被他一掌推开了。我拔出腰间的匕首,再一次向他冲过去。

就在这时候,海狼的头痛突然发作了。他左手捂着自己的眼睛,右手到处寻找着支撑物。我胸中的怒火又一次燃起,我拔起匕首,刺到了他的肩上。我想再给他致命的一刀,但是莫德突然尖叫起来:"不要!请不要!""我是为了你才这么干的!"我愤怒地大喊。

她把手轻轻地按在我的嘴唇上,渐渐化解了我的冲动。最后,我还是放下了匕首。海狼的身体瘫软下去,声音嘶哑地叫道:

"凡·卫登,你在哪里?"

"我在这儿,怎么了?"我走到他的身边。

"快扶我坐下。我病了,书呆子。"他坐在椅子上,双手抱着头,额头上出了很多汗,他看上去很痛苦。

"那我该怎么帮你呢?"我把手放到他肩上。

"我的头好痛,快扶我上床。"

我把他扶到了床上。他用胳膊挡住眼睛,嘴里不停地念叨着:"我病了,病得厉害。"

海狼让我们都出去，我和莫德只好出来了。我们都很奇怪，莫德更是不知所措。我尽量安慰她，让她去休息一下。

我来到甲板上，换下路易斯。这时只有我一个人，我悄悄卷起中帆，放下三角帆和支帆索，再把三角帆转过来，放下主帆。我去找莫德，示意她不要出声，然后又来到海狼的房舱。海狼的睡姿和我离开时一样。我试探地问他还需要些什么，他只是让我天亮前不要再打扰他。

莫德还在静静地等着我，我心里一阵高兴，问她："你敢和我进行一次965千米的航行吗？"

"你是说？"莫德应该是明白了我的意思。

"对，我们要逃走。"我点点头。

"是为了我吗？你在这里是很安全的。"她惊讶地说道。

"不，是为了我们。你多穿些衣服吧，收拾收拾东西。"我坚定地说，"要快！"

紧接着，我和莫德开始准备逃亡的食物和一些御寒的东西。我们把东西集中在船中部的甲板上。然后，我又跑到海狼的房舱，取来了猎枪和步枪。海狼病得难受，根本没有理会我。

我还溜进猎手们的房舱，拿了两箱子弹。船上的帆、桨和桨架也已经全了，我把九只小艇上的水桶都偷了过来，淡水也足够了。一切准备就绪，我把小艇放下水。

几分钟后，我们把东西都搬到了船上。我们俩爬上小艇，我本以为划桨和拉帆是件很简单的事情，但是做起来才发现并不容易。我费了好大劲才把帆拉起来。终于，我们的小艇离开了"恶魔号"，朝日本进发了。

"日本就在前方。"我说。

"凡·卫登，你真是个好汉！"莫德赞赏道。

"你也是女中豪杰！"我说。

我们回头望了一眼，在朦胧的夜色中，"恶魔号"在海上摇晃着，投下了一片浓重的帆影。我们离它越来越远，越来越远……再见，撒旦！

第25章 开始海上生活

名家导读

凡·卫登和莫德驾驶着一艘捕猎小艇顺利逃离了"恶魔号",向着他们预计中的日本驶去。他们能顺利到达日本吗?

我抓舵的双手被冻得生疼,两只脚也冻得失去了知觉。我渴望阳光升起来,盼望着天气能暖和一些。

莫德躺在艇底,被毛毯裹得很严实,只露出一缕头发。她醒了过来,睁开眼睛,微笑着对我说:"早上好,凡·卫登先生。我们是不是快要到陆地了?"

我回答:"还没有呢!不过我们正以每小时9千米的速度向陆地驶去。"

她显得有些失望。我安慰她说:"一天就可以行驶266千米呢!"

她转而开心起来,"那我们还要走多远?"她问。

"这儿离日本大概还有965千米,大约五天就到了。"

"要是有大风暴怎么办?小艇怕是受不起吧。"她有些担忧。

"除非是很大的风暴。"我模糊地回答。

"要是真的很大呢?"她很认真地问。

"那我们很可能被一只捕海豹的船救起。"

"你看起来冻坏了,而我在这儿躺着,却很暖和。"她很内疚。

我微笑着说:"你起来也没用啊。"

"你教会我掌舵就有用了。"

吃完早餐，我开始教莫德驾驶了。她学得很快，一些基本的技术都学会了。然后，她从我手里拿过桨，帮我铺好毛毯。

下午的时候，风浪变大了。不过，艇上的食物和九桶淡水帮了我大忙，它们的重量使小艇能稳稳地航行。我移去斜杠，收紧帆顶，使用水手们所说的"羊角帆"前进。

傍晚时分，天色暗淡，寒风袭来。风浪太大了，小艇承受不了这么大的风浪。我只好收起帆，临时做了一个浮锚。

做完这些事，莫德高兴地问我："现在怎样了？"

"我们已经偏离日本，向东南方向行驶了。"

"就算刮一夜的风，也不会偏离太远吧！"她仍然很乐观。

"如果是三天三夜呢？"我说道。

"但不会老刮风的。"她还是很自信，"风会转向的。"

"大海可是最不靠谱的。"我有些担忧。

"我曾听你提起过，贸易风就很守信呀！"她反驳道。

"我真希望把海狼的仪表拿来。航行一个方向，海流一个方向，再加上潮水的方向，结果是很难计算的。过不了多久，我们就不知道在哪里了，误差会很大。"我忧心忡忡地说。

或许，我们以后还要经历更大的风雨吧！

第26章 海上的磨难（精读）

名家导读

凡·卫登和莫德漂流了很多天，不但没有到达日本，反而离得越来越远了。就在绝望之际，不远方出现了一片突出的海岬，他们奋力地朝那儿奔去，但是他们能顺利上岸吗？

我和莫德在海上漂流了很多天，其中的艰辛简直难以形容。突然，海上刮起了我们最不想要的西南风。我只好把浮锚拉起来，让船向东南偏南的方向行驶，因为我们要赶上南方的暖流。

我们又熬过了一个黑暗的夜晚。天渐渐地亮起来，我们的小艇再一次遭受了风暴的袭击。海水涌进小艇里，我们拼命淘着水。风浪没有一点儿减弱的迹象，我们一整天都在奋战。到了第二天白天，风在狂吼着，浪也还在猛打着。到了晚上，莫德一点儿力气也没有了，就躺下睡着了。

我已经两天没有合眼了，全身早已湿透，我的四肢被冻得僵硬，肌肉也累得生疼，可是我告诉自己，我不能倒下。

到了第三天，风势不但没有减弱，反而更加疯狂了。一个浪头打来，小艇里又进了很多水，这便意味着小艇翻沉的概率又加大了。

莫德的情况有些糟糕。她冻得面色惨白，嘴唇发青，但是，她坚定的眼神告诉我，她一点儿都不害怕。

到了第四天早上，天气已经好转了，海面变得很平静，太阳也露出脸来。我们现在距离日本越来越远，小艇正往东北漂流，我已经搞不清具体的位置。我们的周围出现了海豹，捕海豹的船可能也会在附近出现，这就

意味着"恶魔号"很可能就在我们附近。

我非常钦佩莫德,在这么恶劣的环境下,她表现得那么勇敢。

我们一直往东北方向漂流,我已经厌倦了这种战天斗海的生活。我心里暗暗地祈求上天,让我和莫德活下去。就在这时候,我突然发现前方有一团黑糊糊的东西。我回头看了莫德一眼,想确认一下我是不是眼花了。莫德的眼神,使我确信刚才看到的真的不是幻觉。我又向远方望了一眼,啊!那是一片突出的海岬,黑黑的,高高的,岿然屹立在我们的前方。它撞碎了滔天巨浪,一时间浪花飞舞,这让它的边缘处像是围了一条巨大的白色围巾。

"莫德!"我激动地惊呼起来。

"那是不是阿拉斯加?"莫德转过头。

"不是的。"我说,"你会游泳吗?"

她摇摇头。

"真糟糕,我也不会,那我们只能从岩石之间的缺口进去了。"我无奈地说。

她知道我心里也没有底,凝视着我,说:

"你为我做了这么多,我都还没有感谢你呢!但——"

"怎么了?"我粗鲁地打断了她,"想在丧命之前表示谢意吗?放心吧,我们一定会登陆的,一切都会好起来的。"

"我相信你,我们一定会上岸的。"她微笑道。

我们离海岬越来越近了。海岸线隐约可见,那分明是个小海湾。突然,一片吼声传了过来。我们越过海滩的顶点,一道半月形的沙滩出现在我们眼前,那上面还趴着成千上万的海豹,刚才就是它们在吼叫。

"海豹窝,这里肯定有看守的人。我想我们得救了!"我欢呼起来,"要是老天仁慈一些,我们驶过这里,一直到那片松软的沙滩上,可以不用下水,就能登陆。"

老天果然还是仁慈的,我们被吹到了第三个海岬处。这里的

阅读理解

阿拉斯加半岛,位于白令海的布里斯托尔湾与太平洋之间,长约800千米。是从美国阿拉斯加州本土向西南伸出的陆地。

水面很平静，风暴在海滩背后的岩石上怒吼着。我们的船撞到了沙滩上。我先跳出小艇，然后把莫德扶了下来。她下船后本是想放手的，可又急忙抓住了我的手臂。我们俩开始摇晃起来，一点儿也站不稳。大概是因为我们长时间在海上漂泊，稳固的大地反而让我们很不适应。这就是所谓的"晕陆"吧！

　　我先找了个地方把小艇系好，然后又回到了莫德身边。就这样，我们成功登上了这座"求生岛"。

名家点拨

　　凡·卫登和莫德并没有如预计的那样到达日本，他们经过千辛万苦到达了一座荒无人烟的小岛。可是不管经历多少苦难与阻碍，前途总是光明的，他们的未来是充满希望的。

第27章 求生岛上的生活

名家导读

凡·卫登和莫德顺利登上了小岛,并给小岛取名为"求生岛"。可是,求生岛的生存环境非常恶劣,为了生存,他们什么都得从头学起。曾在城市里过惯了养尊处优的日子的他们,能在这个荒凉的小岛上生存下来吗?

我把小艇上的东西全都搬到了海滩的高处,开始准备搭建帐篷。

然后,我从海滩上拾来一些干木头,准备煮咖啡,这时候才发现我们离开"恶魔号"时没有拿火柴。我很生自己的气。

"我真是笨死了!"我气得大叫。莫德只得在一旁安慰我,但我还是很自责,"连一根火柴都没拿,怎么煮热咖啡、烧热水啊!"

"我们可以钻木取火啊!"她建议道。

"没用的,这根本行不通。"我回答,"我记得有一个叫温特斯的记者给我讲过他用木头取火的事,结果失败得很惨。"

我不停地抱怨着。由于我的粗心,我们无法喝到热咖啡。可是现在我不能再抱怨了,现在,我必须为莫德搭个遮风避雨的帐篷。

我本来以为搭帐篷非常简单,可实际操作起来却很难。我忙活了一整天都没有把帐篷搭好。晚上又下起雨来,我们只好回到小艇上。第二天,我刚在帐篷周围挖了一道浅沟,一阵大风猛然刮起,把我们的帐篷连根拔起。我很沮丧,莫德却忍不住大笑起来,她好像一直都是个乐天派。

我说:"风停了以后,我就去观察一下这个小岛,总会有什么人在保护这些海豹吧！但是，我要先把你安顿好。"

"我不能和你一起去吗？我或许能帮到你呢。"她的声音有些沙哑地说，"如果你发生什么意外，我一个人在这儿可怎么办？"

"你放心吧！日落之前我就会回来的。你可以在这里休息一下。"我回答。

莫德用请求的眼神看着我，我狠心地摇了摇头，但是她恳求的目光还是望着我。我无法拒绝，只好同意了。

第二天早上，我突然想到了一个很好的生火办法。我从岛上找来一些易燃的小树枝什么的，当作引火物。接着，我从行李中找出一张纸，拿出一颗子弹，把它撬开，把里面的火药倒在岩石上。然后，我取出子弹上的雷管，放在散开的火药上。我左手拿着纸，右手拿起一块石头，砸到雷管上，顿时火光四射。我赶紧引燃了纸，火就这样燃了起来。我高兴得在沙滩上手舞足蹈。莫德不知道发生了什么事，从船帆里探出头来。

我们终于喝到了热腾腾的咖啡，然后我将饼干和牛肉罐头一起炖，我们终于吃了一顿丰盛的早餐，感觉好极了。饭后，我们谈起这座小岛。我坚信这里是海豹的保护站，而莫德则认为，这里可能是一个未被人类发现的海豹栖息地。

她猜对了。我们驾着小艇搜寻时，发现这里根本没人居住过的痕迹。不过，我也发现，我们并不是最先登陆求生岛的人。在另外的海滩上，我们看到了一只捕海豹的小艇的残骸。

"小艇上的人一定都走了。"我嘴上说得很轻松，其实心里在想，或许他们的尸骨埋在小岛的某处。

我们绕着小岛走了一圈。求生岛的生存环境非常的恶劣。这里到处是悬崖峭壁，还潮湿多雨，空气因为20万只海豹的嚎叫而振荡着。乐观的莫德也快要撑不住了，回来后，她一个人偷偷地在毛毯下哭泣。不过，慢慢地，她情绪好转了，上床之前还为我唱了首歌。这是我第一次听她唱歌。

我仍然睡在船上。那一天晚上，我躺下来，仰望着星空，思考了很多事情。我觉得自己有义务要照顾好莫德，因为她对于我来说非常非常重要。

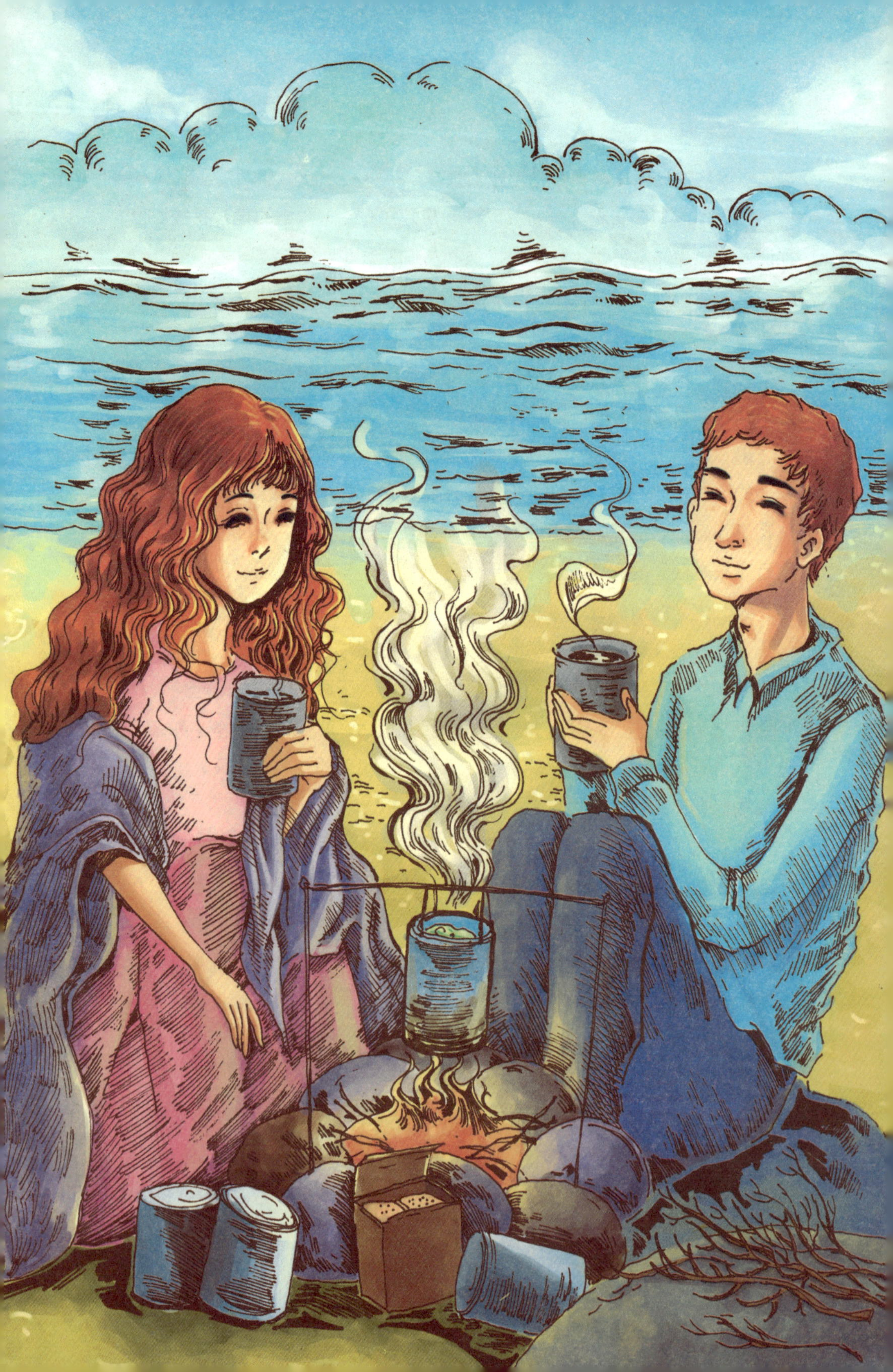

第28章 我们的家

名家导读

为了生存,他们不得不抛弃同情心与仁慈心,杀死那些无辜的猎豹。小屋建成了,虽然有海豹的腥味,但很温暖。凡·卫登和莫德在岛上的生活状况如何?他们之间的关系又有何变化?

我们用了两周的时间才把小屋修建好。我不希望莫德太累,但她却不听我的话,一定要帮忙,她细嫩的双手磨得都出血了,但她一句怨言也没有,这实在是太难得了。

我们的小屋现在已经有了墙壁,但是还缺少一个屋顶。苔原草和青苔当然是不行的,帆还要用在船上,雨布也已经漏雨了。我突然想起温特斯说过,他曾经用海豹皮做成屋顶,我想我们也可以利用海豹的皮来做屋顶!

第二天早上,为了能猎到海豹,我开始学习打枪。我足足用了30颗子弹,才打死三只海豹。我马上意识到,还不等我学会打猎,子弹就该用完了。我又想起水手们都是用棍子打海豹的。可是莫德不同意我的这个提议,她觉得那太残忍了。

"我们是拿海豹的命来救我们的命,它们被棍子打死,总比挨枪子儿好受得多吧!"

"那也一样太惨了。"她一阵慌乱,"我能干些什么?"

"拾柴做饭吧!"我说。

"你一个人去会不会太危险了,我可以帮些小忙。"

"那谁来拿棍子呢？"我问。

"当然是你啊！我可以闭上眼睛。"

第二天，我们来到海豹居住的地方，这里吼声震天。我从没打过海豹，心里很没底，莫德和我一样担心。看着那些海豹闪着光亮的牙齿，还真令人胆战心惊。

我自言自语地说："海豹一定怕人，要是我一上岸，肯定会把它们吓跑的。"

莫德说："我听说有人钻进大雁的窝里，被大雁啄死了。"

我叫道："大雁？"

"是的，我小时候，哥哥告诉我的。"

"我肯定能用棍子把海豹打死。"我被她的话气疯了，我可不想在她面前做个懦夫。

我手里拿着一根只有半米长的棍子，朝一只被众多母海豹围着的公海豹走去。那些母海豹通通都散开了。当我和公海豹距离不到2米时，它先向我扑了过来。它的嘴张得很大，尖利的牙闪闪发光，样子非常可怕。我转身就跑，海豹在后面紧追不舍，虽然它的姿态不优美，但是它的速度真是太快了。我刚到小艇上，海豹就赶来了。它一口咬住了桨，木板立刻碎了。我和莫德都愣住了。海豹又游到水里，咬住小艇的底部，猛烈地摇晃起小艇来。

"我的天啊！我们还是回去吧！"莫德说。

第一次行动就这样失败了。但是我没有气馁，决定再试一次。这次，我的目标是一只母海豹。我朝它的头部打去，结果打空了。母海豹想逃走，我又是一棍，结果打到它的身上。这时，一只公海豹朝我扑过来。于是，第二次行动也以失败告终。

莫德给了我一些建议，"你可以攻击那些单身的海豹。我曾经看过一些书，上面说年轻的公海豹还没有配偶，它们的攻击性没有那么强。"

看来，她的战斗本能也觉醒了。

这个时候，我发现了一只年轻的海豹。它从两只母海豹之间爬过，母海豹的配偶发出了警告的声音。我跳下小艇，决定动手了。莫德也跳了下来，要和我一起去，我对这个女人顿生敬意。我把那支破桨递给她，自己拿着棍子上路了。刚开始，我们都很紧张。一只母海豹去嗅莫德的脚，吓得她大叫起来。幸好，在这里没有人捕猎过海豹，所以海豹的性情都还算温顺。

海豹群里的声音非常嘈杂。莫德紧跟着我，她比我更害怕，控制不住地打着颤。我本能地抱住她，温柔地抚慰她。那一刻，我感觉自己就是一个顶天立地的男子汉，我为能够保护自己心爱的人而感到万分高兴。过了一会儿，她不再颤抖了。我突然觉得自己浑身充满了力量，就算一只公海豹扑过来，我也不会退缩。

我们终于靠近了那群年轻的海豹。不知哪来的勇气，我抡起棍子就朝那些家伙狂奔过去。很快，我就从海豹群里分出了20只年轻的海豹。莫德也在一旁帮我的忙。不过我发现，她放过了那些爬不动落在后面的海豹，而对那些争着要逃走的海豹，她一点儿都不客气，抡起破桨就朝它们打去。

"天啊！我真是太开心了！不过我得先休息一下。"她累得停下了。

我赶着那些海豹向前，又走了90米，因为她放走了一些海豹，现在只剩下12只了。我在她赶到之前，完成了大屠杀。一个小时后，我们满载而归。今天收获很大，屋顶的材料足够了。我们兴高采烈地沿着来时的路，驶向自己的海湾。

"跟回家的感觉一样。"船靠岸时，莫德忽然说道。

我心里一阵狂喜，说："我觉得我好像一直都是这么过的，以前的城市生活恍如隔世。我这一生都像是在打猎、掠夺和战斗中度过的。而你也是其中的一份子，你是——"我差点儿说出"我的爱人"，马上改口，"接受了生活的再教育。"

可是她已经听出了我中间的停顿，急忙向我看了一眼。

"不是那句，你刚刚想说的是——"

"我说的是，美国的夜莺小姐变成了野蛮人。"我赶紧搪塞过去。

"啊！"她的声音中饱含着失望。

但是，从那以后，"我的爱人"这几个字就一直萦绕在我的脑海里。一天晚上，我看着她在我面前吹火做饭，我的心感到无比温暖。我在心里一次次地默念着那几个字，直到进入梦乡。

我仔细地打量着已经完工的屋顶，说："还是点儿海豹的腥味。不过很保暖，完全可以为我们遮风挡雨。"

莫德微笑着点点头，对这个新家非常满意。

接下来的日子，我和莫德进行了分工。我负责捕猎海豹、修建第二个小屋，莫德则负责准备食物。

一天傍晚，暴风雨突然袭来，幸好这时我们的第二个小屋已经修好了。那天，海上的风浪很大，风向从东南变为西北，正好是对着我们的。我们能清楚地听到海浪拍击岩石的巨响。因为岛上没有岩石为小屋挡风，我们的小屋被吹得呜呜作响，我非常担心小屋会倒塌。幸好，我搭建的小屋很结实，只是从墙壁的缝隙里钻进一些风。

这真是一个十分美妙的夜晚，暴风雨已经完全拿我们没有办法了。我们住在温暖舒适的小屋里，睡在用青苔铺成的干爽的"床"上。这些青苔是莫德一点儿一点儿捡来的，我第一次睡在这样温暖的"床"上，心情很舒畅。

但是莫德好像变得有些不安。她准备回自己的屋子时，眼神突然变得有些奇怪。她说："好像有什么事情要发生了，有什么东西朝着我们过来了。我虽然不清楚是什么，但我有预感。"

"那你觉得是好事还是坏事呢？"我问。

她皱着眉，摇了摇头，"不知道，可它一定就在那儿。"她指着远处的大海。

我问她是不是害怕了。她用十分坚定的眼神告诉我，她一点儿都不害怕。她走的时候，我们互相告别：

"晚安，莫德。"

"晚安，书呆子。"

第29章 恶魔现身（精读）

名家导读

短暂的快乐过后，他们最不愿意发生的事还是发生了——"恶魔号"又出现了。但是奇怪的是，"恶魔号"再也不是他们逃离前的样子，它看起来破败不堪，船上的人也通通不见了。就在凡·卫登暗自高兴时，他见到了他平生最不想见到的人——海狼。

这是长时间以来，我第一次在室内睡觉。莫德铺的青苔很温暖，我蜷在毛毯里舒舒服服地睡了一觉。醒来后，我穿好衣服，打开门。外面风平浪静，天气很暖和，太阳已经升得很高了。

我刚出门，就被眼前的景象惊呆了。天啊！不远处的沙滩上，一艘黑船正对着我们。桅杆倒了，桅杆、横桁、帆脚索之类的东西乱缠在一起。我揉了揉眼睛，那不是舵楼楼梯口？那不是我们的厨房吗？那不就是"恶魔号"吗？

怪不得莫德昨天晚上感觉到有什么事情要发生呢！

可是那艘船为什么会出现在这里？难道是老天在捉弄我们吗？我们好不容易逃脱了海狼的魔掌，现在又把我们送回去吗？我感到一阵绝望。该怎么办呢？又逃跑吗？可是后面是悬崖。对了，莫德还在睡觉，我还清楚地记得昨晚我们分开时的场景。现在，我的耳边好像响起了丧钟，不知道该怎么办才好。

不知道过了多久，我终于冷静下来。我仔细地观察着"恶魔号"。它看起来好像是遇难了，不然船上怎么会没有人？难道都

阅读理解

三个问号，可以很强烈地表现出凡·卫登的吃惊与恐慌。

在睡觉？那样的话，我和莫德就有机会逃跑了。但我转念一想，不行，岛太小了，根本没有地方藏身。而我们要是逃到海上，迟早会被冻死或饿死。我突然有了一个新点子：趁着船上的人都在睡觉，我偷偷溜上船，把海狼干掉。

我转身回到屋里，拿起猎枪和刀，爬上了"恶魔号"。

水手舱的天窗是敞开着的，可是里面一点儿动静都没有。我小心地走下楼梯，这里已经很久没有人住了，到处都是水手们的废弃物。

我来到甲板上，发现小艇都已经不见了。猎手舱的情况和水手舱一样，看起来，人们都匆匆地逃离了这里。我心中一阵窃喜：这样，这艘船就属于我和莫德了。我可以到储藏室找些食物，给莫德做一顿美味的早餐。

我兴奋地走出猎手舱，一心想着在莫德醒来之前做好早餐。我兴奋地跳上舵楼楼梯口，突然，我看到了——海狼！

我吓得在甲板上倒退了三四步。海狼站在楼梯顶上，只露出头和肩，双臂靠在半开的滑盖上，两眼直直地盯着我。我慌张起来，胃痛的毛病又犯了，喉咙也在冒烟，恐惧控制了我的全身。

我渐渐恢复了理智。我把枪瞄准了他，海狼似乎没有要进攻的意思。我开始犹豫起来，不知道到底应不应该开枪。他好像有些不耐烦了。

"开火呀！"海狼说。

我没有说话。

"书呆子，你真是没用。"他慢慢地说，"你的道德观使你无法向一个手无寸铁的人开枪，是吧？"

"是的。"我的声音有些沙哑。

"可是我跟你不一样，我能杀一个手无寸铁的人。我真希望你能放下你的那些道德，书呆子。"

他走近我，顶在我的枪口上，说："把枪放下吧！我问你，

阅读理解
可见海狼很了解凡·卫登，知道他和自己，以及那些毫无人道的猎手、麻木的水手是不一样的。

这里是哪儿?"恶魔号"是怎么上的岸?你身上怎么全是湿的?莫德——哦不,是莫德小姐,或是凡·卫登夫人又在哪儿呢?"

我真希望海狼能上来掐住我的脖子,这样我就有足够的勇气开枪了。"这是求生岛。"我艰难地答道。

"我怎么没有听说过这个岛?"海狼说。

"这是我和莫德起的名字。"我补充道。

"这里有好多的海豹,它们的声音把我惊醒了。这是我找了好久都没找到的海豹窝。多亏了我哥哥,我这次可是走大运了。小岛在什么位置?"

"我不知道,你应该能测到确切的方位呀。"我说。

他没有回答,只是奇怪地一笑。我问他船上怎么就他一个人。

他说:"你们走后,我哥哥很快就逮住了我。他答应给猎手们更多的红利,猎手们就抛弃了我。水手们更不会管我。但这不是我无能,只是内部分裂而已。"

"可是你的桅杆是怎么回事?"我问。

"你看看那些短绳。"

我仔细一看,"是用刀子割断的!"

海狼冷笑道,"是厨子干的。虽然我没看到,但他总算是报了仇。"

我问他为什么没有阻止厨子,他说他努力了,但是根本没有用。

海狼接着说:"坐下来,晒晒太阳吧!"

他的声音有些奇怪,手在脸上摸来摸去,这可不像是以前的海狼。

"你头痛?"

"是的。"海狼回答。

他躺在甲板上,双手抱着头,手臂遮住了阳光。

"这可是你报仇的好机会,书呆子。"

"我不明白。"其实我知道,他是说我可以趁机把他干掉。

"没什么,反正我落到你手上了。"海狼说。

"可我希望你滚得远远的。"我回答道。

他没有再说话了,我转身去了储藏室。我先把盖板扔了下去,因为我担心海狼会趁机把我关在下面。我拿了果酱、压缩饼干之类的东西,就出来了。我突然想到一个好办法,把海狼所有的武器都拿走。

于是,我来到海狼的房舱,拿走他的手枪,又把厨房的菜刀什么的都带走了。最后,我想起他随身带的刀,便回到他身边。他还是像死了一样,怎么都叫不醒。我顺利地偷走了他的刀。

我把食物装在咖啡壶和锅里,又拿了些瓷器,回到了岸上。

我很高兴地为莫德做起了早饭。等我刚把饭做好,莫德就起

阅读理解
和故事前面厨子说要报复海狼的话相呼应,情节显得更加合情合理。

来了。

"这可不对,你侵犯了我做饭的权利。"看到我做的早饭,她有些怜惜地埋怨我。

"好,好,仅此一次。"我恳求着。

她微笑着,说:"下不为例,除非你觉得我做的饭不好吃。"

莫德用瓷杯子喝咖啡,吃煎薯干,还在面包上抹了一层果酱。突然,她若有所思地看了看瓷杯子,又看了看早餐,然后看着我,脸慢慢转向海滩。

"书呆子!他……"她惊叫道,眼睛里充满了恐惧。

我无奈地点了点头。

名家点拨

短暂的平静之后将是暴风雨的来临,"恶魔号"和海狼的出现打乱了岛上平静的生活,也验证了上一章莫德的预感。可是凡·卫登先生再也不是以前懦弱的绅士,虽然他还是害怕海狼强健的臂力,但他已经能为保护心爱的人拿起武器了。

第30章 海狼瞎了（精读）

名家导读

海狼的出现，让岛上的生活变得异常紧张。虽然海狼因为病痛而变得失掉了一些霸气，但对凡·卫登和莫德来说，他依然是个不小的威胁。在几次接触之后，凡·卫登惊奇地发现，海狼竟然瞎了。

"恶魔号"出现的第一天，我们时刻关注着"恶魔号"，生怕海狼会上岸。不过，海狼一直都没有出现。

"也许他是因为头痛，我走的时候他还躺在甲板上，要不我还是去看看吧！"我对莫德说。

莫德很怕我回不来了，她拉住我的手，眼里满是担心。我安慰她说："我是不会冒险的，我只是到船头看看。"

我握了握她的手，然后向"恶魔号"走去。上船后我发现，海狼已经不在甲板上了，看来他去船舱里了。

晚上，我和莫德轮流睡觉，因为我们担心海狼会有所行动。

到了第四天下午，莫德说："他是不是病得快死了？"

"这样很好！"我回答。

她说："的确很好。可是我们不能坐视一个人死去而不闻不问，我们应该要做些什么。"

"或许吧！"我说。但是我心里还是暗暗嘲笑着莫德的妇人之仁，连海狼这样的人她都会同情。

她好像知道我在想什么，说："你一定要去弄清楚，书呆子。你要是嘲讽我也没有关系，我不会怪你的。"

我听从了她的话。

我上了"恶魔号"，来到舵楼楼梯口，向下喊了几声。海狼应答了，然后走上来。我们交谈时，我一直拿枪对着他，但他似乎一点儿也不在意。我们俩没说什么，他只是说他的头痛病好了。我一言不发，不久就离开了。

这下莫德就放心了。随后，那艘大船上升起炊烟，看来海狼开始做饭了。接下来的几天仍旧如此。

我和莫德还是坚持晚上值班，海狼的出现使我们神经绷紧了。我不能再去捕猎海豹了，因为我不放心莫德一个人在这里。

一天，船上突然没有了炊烟，莫德又开始担心起来。但她不好意思让我再去看一看。想到海狼一个人将孤独地死去，而我却不闻不问，我的心里也不免生出几分内疚。我所受的教育是不允许我做出违背良心的事的。所以还不等莫德提出来，我就主动说，我想去"恶魔号"找些炼乳和橘子酱——虽然我们现在并不缺少这些东西。她很聪明，知道这只是借口而已。

我脱掉靴子上了船，这样海狼就不会发觉我来了。我想，他可能正待在自己的房舱里，但我想起来这里的托词，就先去了储藏室。我发现衣物箱也在储藏室里，便顺手拿了些衣物。

等我出来后，海狼的房舱里传出来一些动静，我赶紧掏出手枪。门被猛地打开了，海狼出现在我面前。天啊！这还是原来那个魔鬼一样的强者吗？海狼一脸绝望，紧握拳头，痛苦地呻吟着。

那场面真是太可怕了！我觉得脊梁骨一凉，头上也冒出了冷汗。但是海狼终归是海狼，他用强大的意志控制住了他的身体，他呻吟了两声，深吸了几口气，尽力使自己平静下来。最后，他恢复了以往的雄风。

我现在应该为自己担心了。刚才，我匆忙之中没有盖上储藏室的盖板。如果被海狼发现了，他很快就会找到我。我本能地作好应

阅读理解

这说明虽然凡·卫登在船上的日子思想上受到了海狼和船员们的影响，但他的本质还是那么善良。

战的准备，但是还没等我行动，海狼的一只脚就已经踏进了储藏室。接着，他的另一只脚也跟着要下去了。这时，他意识到危险，猛地跳了出来，扑向对面的地板，打了个滚儿，正好碰到我的果酱和衣物，还有盖板。

海狼发觉出问题了。只见他很快把盖板盖上，匆匆地跑回房舱。原来，他是去拿大箱子，好把盖板压住。他认为这样就能把我困在里面。接着，他把果酱和衣物放到桌子上，爬上了梯子。我趁机赶紧离开了楼梯顶。

海狼就那样呆呆地站在浮梯里，双臂搭在外面，眼睛望向前方。我就在他的面前，他却像瞎了一样没看见。我向他挥了挥手，当阴影落在他脸上时，他才有所察觉。看来他只能感受外部运动的东西了。海狼是真的瞎了。

名家点拨

海狼瞎了，这是故事好几次提到他头痛的一个延伸。接下来还会发生哪些事呢？是不是海狼瞎了一切就结束了？当然不会！如果海狼瞎了就意味着故事结束，那他的出现就变得没有意义了。

第31章 修理"恶魔号"

名家导读

现在的海狼几乎已经失掉了一半的"杀伤力",但凡·卫登和莫德依然不敢放松警惕。他们想驾驶"恶魔号"离开小岛,但"恶魔号"已经残破不堪了。他们该怎么办呢?

"真是太糟糕了,书呆子。要是"恶魔号"上的桅杆没有倒的话,我们也许可以乘着它回去的。"莫德建议道。

"我能,我能!"我说,"别人能做的,我也能做到;别人不能做的,我照样能做到。"

"你能怎样?天啊!"莫德问。

"我们俩都能!"我改口说,"竖起桅杆,驾驶"恶魔号",离开求生岛。"

"可是还有个海狼啊!"她反对。

"他已经瞎了,不中用了。"我回答。

"但是他还有一双恐怖的手,你忘了他是怎样跳出储藏室的?"

"难道你也忘了我是怎样溜出来的?"我反驳。

"可是你的靴子呢?"

"因为靴子没穿在脚上,所以难逃海狼之手。"

我们俩都哈哈大笑起来。我们开始思考如何把躺在水里的桅杆弄到"恶魔号"上去。为什么不借助杠杆呢?然而,支点又在哪里呢?

我望着水里的桅杆，仔细观察了一下，决定扎一个"人字吊"。所谓人字吊，就是把两根木杆交叉起来，将上端扎紧，看起来像一个"人"字。之后，我可以在甲板上固定一个支点，再加上一个绞盘。这样，就可以把这项艰巨的任务完成了。

整个下午，我们都是在快乐的劳动中度过的。莫德为我稳住小艇，我清理了那些零碎的东西。这时我才发现困难重重。升降索、帆脚索、支索、拉索等全部都缠绕在一起了。我必须尽量保证这些绳索的完整，这些东西以后都用得着。我费了好大的力气才把它们解开，接着，我想把帆也收起来，可是帆被水浸透了，变得很沉。我用了很大的力气才把这些帆捞起，放到海滩上晾晒。到了晚上，我们两人累得连碗都拿不起来了，但是工作总算顺利完成了。

第二天早上，我上了"恶魔号"，打算清理桅杆的底座，莫德充当我的助手。我们的敲打声惊动了海狼。

问明情况后，海狼反对我们动他的船，于是我说：

"你忘了，你现在已经不再是最大的酵母了。现在你变小了，我都能把你吃掉了。"

海狼怪笑一声，"你倒是把我的哲学用在了你身上，可是你低估了我的能力。我要给你一个忠告。"

"你还要给我忠告？你是什么时候变成好人的？"

"我要是现在合上舱口盖子，把你们关在下面，你觉得如何？"海狼不怀好意地说道。

我坚定地说："海狼，你可不要逼我。如果你敢这么做，我就对你不客气了。"

"不管怎样，你都不能碰我的船。"

"你的船？听起来还蛮有道理的。可是，你跟别人讲过道理吗？你不会想让我和你讲道理吧！"我毫不示弱。

我走到舱盖下，看到了他那张扭曲的脸。

"连书呆子都小瞧我了。"他面无表情，冷冷地说。

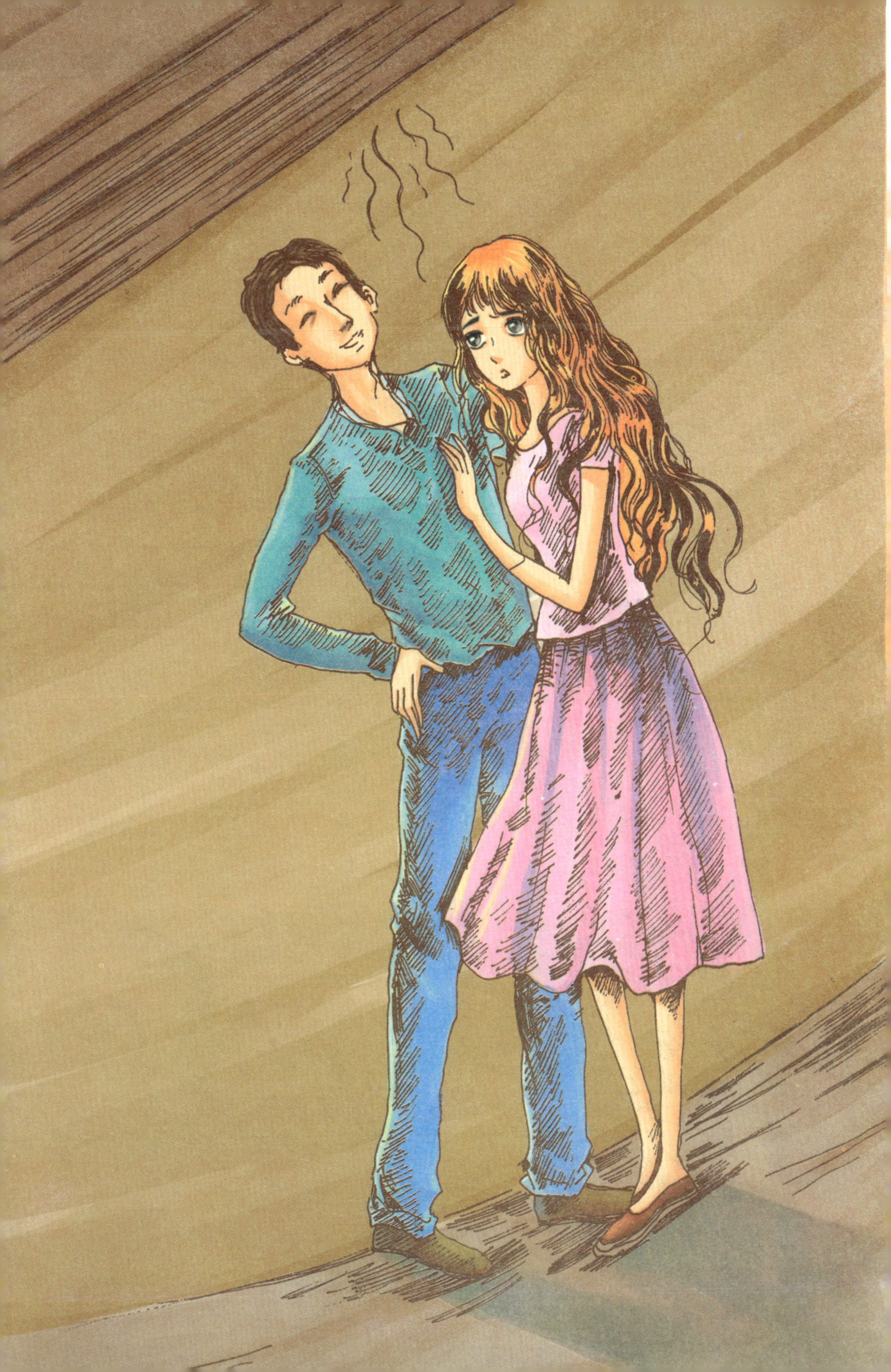

"你好,莫德小姐。"他突然温柔地说。

这让我吃了一惊,他是怎么知道莫德在这里?难道他还能看到一点儿东西?

莫德说:"你好,海狼船长。你是怎么知道我在这儿的?"

"我听到了你的呼吸。你看,书呆子真是大有进步啊!"

莫德冲我一笑,"我可不知道,因为我没见过以前的他。"

"那你应该看看以前的他。"海狼说。

"都是拜海狼你所赐,我现在和以前大不相同了。"我低声说。

他又威胁地说:"书呆子,我警告你,不准碰我的船。"

我很惊讶,"难道你不想离开这里?"

他回答:"是的,我想死在这里。"

"可是我们不想。"我又开始敲打起来,不再与他说话。

第32章 海狼的恶作剧

名家导读

海狼的眼睛虽然瞎了，可是他依然具有很强的"破坏力"。凡·卫登的修船成果被海狼摧毁了，面对这个没有道理可言的恶魔他们该怎么办呢？

到第二天，我把桅座清理完毕，接下来的工作就是吊起主中桅和前中桅。我把复式滑车拴到前中桅的底部，另一端则接在绞盘上。复式滑车吊起了桅杆。桅杆渐渐离开水面，滑车承载的重量慢慢变大了。我使出了吃奶的力气，然而在桅杆和栏杆齐平时，我再也没有力气了。因为复式滑车离桅杆太近了。

我为自己的考虑不周而感到懊悔。这时，莫德建议说，可以把滑车安置在离桅杆远一点儿的地方。我正是这个意思。就在我们调试平衡点的时候，海狼上来了，但是我可没空和他聊天。他倒是很知趣，坐在不碍事的地方，"听"我们干活。

我再次向莫德发出命令，桅杆渐渐地被拉起来了，和栏杆成了一个直角。我要做的是把桅杆一点儿一点儿地拉上来。这次终于成功了，桅杆终于躺在了甲板上。下午，我们又把主中桅拉了上来，并建造好了人字吊。太阳已经快要下山了。海狼就在那儿坐了一下午，现在他也去做晚饭了。我累得腰酸背痛，但看到自己的成果——人字吊时，我感到十分欣慰。"我真想吊点儿什么东西。"

"算了吧，书呆子。你累得都站不稳了，还是明天再来吧！"莫德说。

"你也很累吧！你今天可是帮了大忙呢，我都为你感到骄傲。"

晚饭后，我向她诉苦："都累了一天了，也不能睡个安稳觉。"

"应该不会有什么事吧，他都瞎了。"她说。

"千万不能大意。正是因为他眼瞎了，我们更要提防他。他现在可能变得比以前更恶毒了。我明天就抛出个小锚，让船停在海上。我们每天划着小艇上岸，把他捆到船上，这样就不用守夜了。"

第二天，我们很早就起来了。正吃着早饭，莫德突然大声叫起来："啊，不好了，书呆子！"

我顺着她的目光向"恶魔号"望去，可是并没发觉有什么异常。

"我们的人字吊。"莫德说。

我这才发现人字吊已经不见了。我愤怒极了，心想，一定是海狼干的。他把我昨天的工作全都毁了。他毁掉了绞盘，割断了升降索，把我辛辛苦苦拉上来的桅杆全都扔回了海里。莫德伤心得哭了起来。我也坐在舱口盖上，陷入了绝望中。

"他真是该死，可是尽管如此，我还是对他下不了狠手。"我嚷着。

莫德摸着我的头发，安慰我："好孩子，一切都会好的，我们是对的。"

我把头靠在她的身上，莫德的安慰给了我很大的鼓励。

"海狼来了。"她小声说。

我也看到他了。"不能让他看我们的笑话，别让他知道我们已经发觉他干的坏事了。我们把鞋脱掉吧！"

于是，我们跟海狼玩起了捉迷藏。他向左，我们就向右；我们躲到甲板上，他就跟到船后去找我们。

不知道海狼是怎么知道我们上了船的。他自信满满地说："早上好！"但是我们还是不搭理他。时间长了，海狼觉得没什么意思，就回自己的房舱了。我和莫德就像两个小孩子，吃吃地笑着，溜回了小艇，高兴得差点忘记了海狼的恶作剧。其实，只要和莫德在一起，我就什么都不怕了。

第33章 擒住海狼（精读）

名家导读

海狼的恶作剧没有摧垮他们的意志，他们寻回了那些被海狼扔到海里的船上用具。可是，海狼还是不肯罢休，他一意孤行地执行着他的摧毁计划。凡·卫登能制服这个可怕的恶魔吗？

我和莫德在海面上搜寻了两天，终于在西南方向的海岬处找到了人字吊和那些桅杆。傍晚的时候，我们拖着主桅回来了。到第二天，我们又费了九牛二虎之力把那两条中桅拖回来。到第三天，我决定冒险把所有的桅杆和横桁都弄回来。可是老天却和我们开起了玩笑。风突然停了，我们只好徒手划船。但是这次东西实在太沉了，小艇根本动不了。

天色渐渐变暗了，更要命的是，还刮起了逆风。风迎面而来，我们没有前进，反而后退了。我使劲划桨，累得筋疲力尽，莫德也瘫倒在艇尾。

我想扔掉那些沉重的包袱，莫德却阻止了我，"不要扔！"

我说："不行！现在是晚上了，风还会把我们向外吹的。"

"可是书呆子，你想想看，如果我们不能驾船离开这里，我们就可能永远呆在这个岛上了，没有人会来救我们的。"

"我们不是发现一只小艇吗？"我提醒她。

"但是我和你都很清楚，他们没有逃出去。如果他们逃出去的话，怎么不回来这里猎海豹？"

为了安全起见，我还是否定她的提议，"比起我们今天或明天就死在小

艇上,在岛上生活一辈子也是个不错的选择,而且我们还没有做好远航的准备。我们可能会被冻死或饿死在船上。何况你的身体这么虚弱。"

"我是因为你扔掉那些桅杆而紧张得发抖。"她叫着,"求你了!"

我最终禁不住她的哀求,同意了她的建议。我们整晚都被冻得不行。后来,我困得睡着了,但马上又被冻醒了,折腾了一整个晚上。我的手脚都麻了,但我还是为莫德搓手搓脚,让她尽量暖和一些。凌晨3点时,我发现她被冻僵了,要是再不活动一下,我怕她会死掉。

天终于亮了,我四处搜寻着小岛。过了好久,我才在距离我们大概24千米的地方看到一个小黑点。这时,海上起了西南风,正好能送我们上岸。

"好风来了。"我的声音那么嘶哑,连我自己都被吓了一跳。

现在的莫德已经说不出话了,嘴唇发青,眼眶凹陷了下去。然而那双美丽的眼睛还在勇敢地看着我。

我为她搓手,扭动她的胳膊,直到她自己能动了。虽然她还站不稳,但我仍然逼她在船头和船尾活动活动身体。

"啊!莫德,你真是个勇敢的女人。"我看到她恢复了精神,非常高兴。

"我从来都不勇敢,直到我遇见你。"

"我也一样,在遇到你之前,一点儿也不勇敢。"我回答。

我们的小艇乘着风奔向小岛。我们又

饿又渴，嘴唇都裂开了。可是风慢慢变小了，到了晚上，我们只好划着艇前进。大概凌晨2点，小艇终于顺利靠岸了。我跌跌撞撞地爬出小艇，并将站不起来的莫德搀回小屋。

我们一直睡到第二天下午3点。而莫德显然比我起得早些。我起床时，她已经在做饭了。我们边吃边聊天。

"你知道我去日本是为了疗养。我的身体一直不好，所以医生建议我进行一次海上旅行。"莫德说。

"你没想到会是这样吧？"我笑了起来。

"但是这次旅行彻底改变了我，使我成了一个强健的女人。"

接着，我们又聊起了海狼，想不到他那么强壮的人也会受到死亡的威胁。显然，他的脑袋里应该是长了什么东西，压迫了他的视觉神经，所以他才会失明的。莫德现在很同情海狼。

重新做好人字吊那天晚上，我睡在甲板上，而莫德则睡在水手舱里。我在睡梦中突然听到一些声响，朦胧中，我看到海狼的身影在移动。我赶紧爬起来，穿上鞋袜，在后面悄悄地跟着他。他拿着一把刀，准备割断人字吊上的升降索。这时，我再也无法忍耐了："我要是你，就不会那样干了。"

我把子弹上了膛，他却笑了起来："书呆子，我早就听到你的声音了，知道你在那儿！"

我冷冷地说："你撒谎，可我倒想借这个机会把你干掉。"

"现在，我改变主意了。"他一笑，转身离开了。

第二天，我把晚上发生的事告诉了莫德。她说："我们得想个办法，他要是行动自由的话，不知会干出什么事来。"

"可是我已经拿他没办法了。他的双臂很有力，而我又不忍心杀他。"我很无奈。

"再想想吧，总会有办法的。"她说。

"有办法了！"我拿起打海豹的棍子，"我们只要把他打晕，就能把他捆起来了。"但是莫德觉得这太不人道了。

阅读理解

这就是海狼，虽然也害怕死亡，但永远不会把自己的弱点暴露出来，永远一副胜利的姿态，连输都输得傲气十足。

我们正苦苦思考着，海狼出现在我们面前。他看上去比以前更虚弱了，走起路来摇摇晃晃的。他蹒跚地来到甲板上，几乎都站不稳了，最后瘫软下来。

"他又发作了。"我对莫德说。

她点点头，很可怜他。我们来到他身边，莫德轻轻地扶着他的头，我从房舱里拿来枕头和毛毯。这样，他就能舒服地躺着了。我给他把了一下脉，觉得他的脉搏很正常。

"他该不会是假装的吧？"我怀疑道。

然而莫德却不这么认为。突然，我把脉的那只手被狠狠地抓住了，我尖叫了一声。海狼脸上露出得意的表情，他果真是装的！他用一只手钳住我的身体，把我拽倒在地，又从背后抓住我的两只胳膊，另一只手放开手腕，掐住我的脖子。我觉得呼吸越来越困难了，我自责为什么这么轻易就上当了。莫德想伸手帮我，但是她力气太小了。每分钟我都过得非常艰难。我听见莫德跑开了，又跑回来了。猛然间，抓住我的手松开了。海狼还想用毅力战胜病魔，但这次他没有成功，昏过去了。

我赶紧趁机滚到了甲板上，大口喘着气。我一抬头，看到了莫德那苍白的脸。她手里还拿着一根棍子，一脸惊讶和欣喜。我的心里涌出一丝感激，她为了我，抛开了文明道德的束缚，她真是我的爱人。

莫德扑到我怀里哭起来。我知道，现在需要我安慰她了。她刚才受惊过度了。

"海狼开始是假装的，后来却真的发作了。"我说。

莫德还是想好好地照顾海狼。我反对道："不行，我们必须趁他昏迷的时候把他关起来。今天我们就要让他到猎手舱去。"莫德考虑了一下，最后还是同意了。然后，我们把海狼关进猎手舱里，让他躺在了一个下铺上。这时，我又想起海狼以前用过的镣铐，我们用镣铐把他铐了起来。我这才长长地舒了一口气。

我和莫德轻松地走回甲板上，比以前又亲近了许多。

名家点拨

　　海狼最后的一点力量正被黑暗吞噬,他像一头受伤的狮子一样变得疯狂,可一切即将结束,他所做的只不过是最后的挣扎,终究他这最大酵母会慢慢地变小,直至消失。

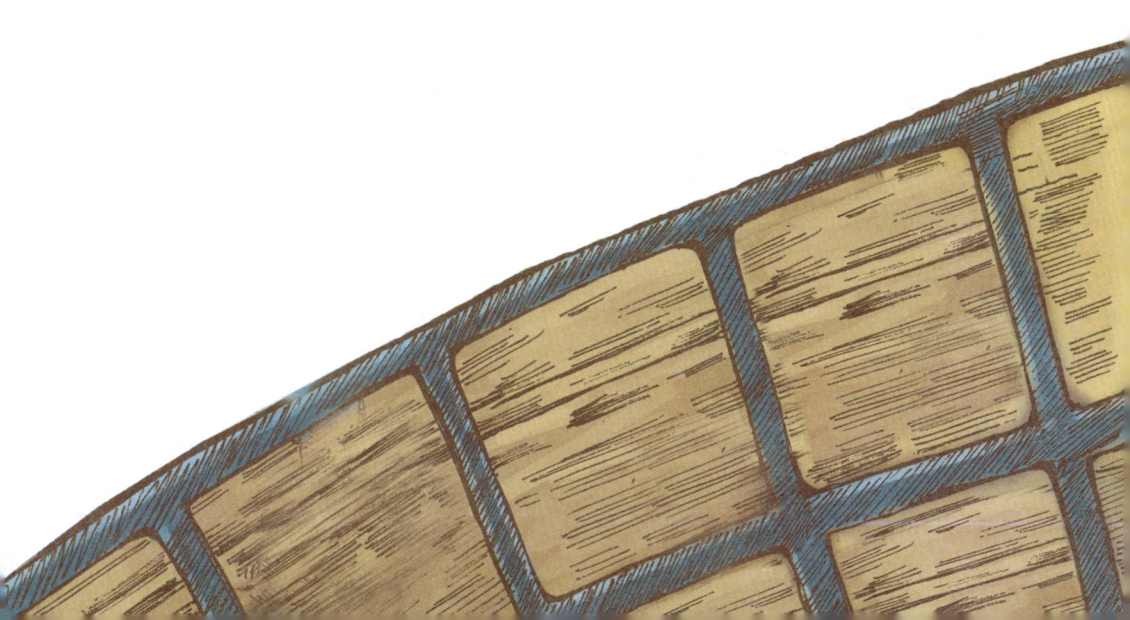

第34章 慢慢变小的酵母

名家导读

为了防止海狼再作恶，凡·卫登和莫德搬回到船上住。一天，莫德发现海狼的右耳失聪了。紧接着，他出现了局部瘫痪，病魔正一步步侵袭着他的全身。可是，即使这样，他还是不能停止作恶。

我们搬回到船上，把原来海狼的房舱占据了，并在船上的厨房里做起饭来。天气开始变冷了，我们搬得正是时候。而人字吊和那些桅杆还在那儿，预示着我们即将启程了。

海狼又一次发病了，这给他带来了更严重的残疾。莫德发现，他的右耳失聪了。那天，莫德去给他送饭，他正向左侧睡着。莫德和他说话，他却不予回应。直到他把压在枕头上的左耳抬起来，才听到莫德的话。

莫德赶忙找到我。我走到海狼的床边，先捂住他的左耳，试探着和他说话，可是他没有反应。我放开手，问："你知道自己右耳聋了吗？"

"知道，更糟的是，我右边全都瘫痪了，包括手和腿。"他回答。

"你又在装！"我很气愤。他摇了摇头，脸上露出奇怪的笑容。他的脸一半在笑，而另一半没有一点儿表情。

"这是海狼最后一次表演了。"他说，"我瘫痪了，不能再行动了。不过只瘫了一边。"他知道我看见他的左腿在动。

他继续说："真是太可惜了，书呆子，我本想先干掉你的。"

"为什么？"我问。

他又发出一阵怪笑，"因为只要活着，我就要做最大的酵母，我就要吃掉你，但是现在——"他耸了耸左肩，右肩不能动了。

"你知道问题出在哪儿了吗？"我问。

"是脑子，是头痛引起的。"

"那只不过是症状，而不是病因。"我说。

他点点头，"我也不清楚。我一辈子都没生过什么病，现在脑子却出了问题。是癌，是瘤，或是类似的东西，它正在一点儿一点儿地吞噬着我的脑子，攻击着我的神经中枢。"

"还有运动神经中枢。"我提醒道。

"好像是的。可恶的是，我的思想还非常活跃，但我渐渐失去了视觉和听觉，和外界断了联系，到最后连话也不能说了。我虽然活着，却没有一点儿力量。"

"这和灵魂倒是挺像的。"

然而他却不同意，"你胡说，我的高级神经中心没有被触及。如果我连思想也没了，那我就真的死了。我才不相信灵魂。"接着，他狂笑起来，把身子转向左边，不想和我们说话了。

我和莫德默默离开了，又开始干活。渐渐地，我们体会到了那是上天给他的报应。

有一天晚上，我们正和海狼聊天，他说："你现在完全可以把镣铐拿掉。我瘫了，跑不了了。"他又怪笑起来，吓了莫德一跳。

"你知道你笑得有多恐怖吗？"我得为莫德着想，因为她要经常照顾他。

"那我以后都不笑了。这几天，我时不时地感到我身体的左半边也失去了知觉，可能也要瘫了吧！"接着，他没有再说话了。

虽然他的精神依旧强悍，可肉体却已经渐渐死亡。等待他的，将是永无止境的黑暗。我们收起了镣铐，但是依然担心他会做出什么坏事。

我重新设计了复式滑车，把前桅吊到了甲板上。我用了两天的时间完成了这个工程，第三天，我吊起前桅，准备放进桅座里。我对着那块木头

又是锯，又是砍，终于凿好了桅座。虽然繁重的工作和半死不活的海狼仍然使我们忧虑不已，但我和莫德还是很开心的。

海狼的情况越来越糟糕了。有时，他能慢慢地说几句话，但有时候，他又会突然说不出话来。他的头痛也越来越严重了。但他充分发挥了他的思考能力，创造了一种全新的交流方式：用手捏一下表示"是"，捏两下表示"不是"。一天黄昏后，他再也说不出话来。

冬天已经来了，海豹们都已经南迁了。我不得不起早贪黑，顶着风雪工作，朝着预定的目标继续前进。

我已经把前桅调整到合适的高度，又在上面安好绳索、支索、升降索。我忙着弄前桅，莫德就帮我补帆。她总是在我很忙碌的时候，丢掉手里的活儿来帮我。帆布很重，她用的是水手们的掌皮和三棱水手针。很快，她的手就起泡了。除此之外，她还要照顾病人和做饭。

星期五，我开始准备竖起桅杆。我把横桁的复式滑车拉上绞盘，再固定好，接着将人字吊也拉上了绞盘。只绞了几下，桅杆就直立起来，离开了甲板。莫德在一旁兴奋地鼓掌，可是不到一会儿，她发现了问题。"没有对准桅座上的孔，还要再重来吗？"

经过我们的配合调整，桅杆终于插进了桅座里。我激动得欢呼起来，莫德也跑下来。我们凝望着对方，双手自然地握在一起，眼中闪着激动的泪光。

"世上无难事，只怕有心人。"我说。

"真是一个奇迹，你把它从水里吊了起来，吊到空中，又放进了预定的位置。你真是一个了不起的人。"

"我这个了不起的人还发明了许多东西呢！"我高兴地说。

突然，莫德说："好像有东西烧着了。"

我们赶紧跑出去，浓烟从猎手舱里冒了出来，是海狼！

"他还没死。"我嘟囔着。

舱里烟很大，我害怕海狼会突然跳起来，用一只手钳住我的喉咙。我很想逃跑，但我又想到了莫德，想到刚才开心的一幕。我鼓起勇气，来到

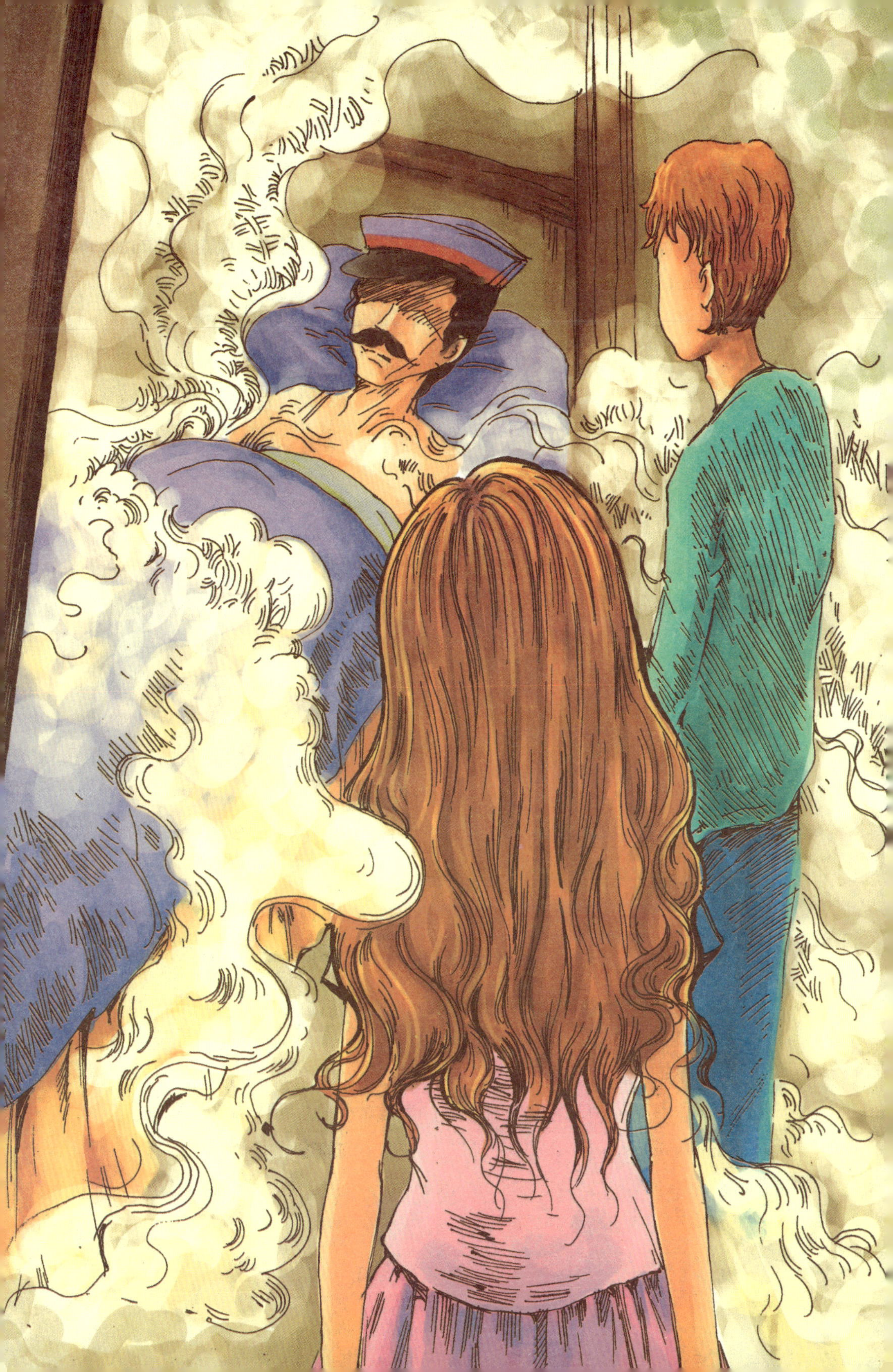

海狼的床边。我被烟呛得透不过气来。我伸手摸了摸海狼，他只轻微地动了动。我摸了摸他的毛毯底下，没有火。我一下子蒙了，不知道该怎么办才好。我撞到了桌子，猛然醒悟了：一个不能动弹的人，要是放火的话，也只能在他身边放。

我回到了海狼身边，莫德也在那儿。"快到上面去！"我下令。

"但是，书呆子……"她声音哑哑的。

"求你了，求你了！"我恳求她。

于是莫德顺从地离开了。我突然意识到，烟雾这么大，她要是迷路了可怎么办？果然，她真的迷路了，在后间的墙上摸来摸去，我只好又拉又拽地把她送上甲板。她只是有些眩晕，一会儿就好了。我又回到舱里。

我确定火源一定在海狼身边，便伸手在他的毛毯里摸起来，一个滚烫的东西落到了我的手背上。找到了！原来，他用左手点燃了上铺底下的草垫。因为垫子很潮湿，又是从下面被点着的，没有空气，所以一直在冒烟。我从上铺拉下垫子。垫子遇到了空气，一下子着起了大火。我赶忙扑灭火，跑到甲板上，呼吸了几口新鲜空气，然后又回到舱里。不到十分钟，浓烟也消散了。莫德也跟着下来了，海狼还在昏迷中，不过他一会儿就醒了。他做了个手势，意思是要纸和笔。

"请不要打扰我，我正在笑呢！"他写道。

"我还是一块酵母。"他又写道。

"我很高兴，但是你只有一丁点儿了。"我说。

"谢谢。你想想看，在我死之前，我还会小很多吧！"海狼写着。

"可是，书呆子，我还活着。"他写着，最后字迹已经模糊起来，"我现在的思想，比以前任何时候都要清晰。我排除了一切干扰。我还在这里，然而又超越了这里。"

他的话像来自黑夜的墓地。他的灵魂依然是那么闪耀，可是他还能闪耀多久呢？他还能活多久？

第35章 只剩下灵魂

名家导读

最终,海狼受到了应有的惩罚——他的肉体死去,只剩下不能与外界联系的灵魂,但他的灵魂依然骄傲着。

在海狼放火那天上午,海狼写道:"我的左边也已经麻了,手也动不了了。我与外界最后的联系很快就要切断了,请你们说话大声点儿。"

"疼吗?"我大声喊道。

"不是经常疼。"他的字迹已经越来越潦草。"但是我仍然完整地活着。"他甚至连笔都握不住了。"不疼的时候,我能集中全部精力来思考生命和死亡。"

"还思考永生吗?"莫德冲着他的耳朵喊道。

他的手再也拿不起笔了。莫德只好抓住他的手,帮助他。他写得很慢,写了半天才写出两个字:"胡说。"

这就是海狼最后的话。他的身体向下一沉,就再也不动了。

"海狼,你还听得见吗?"我大叫。我等着他捏一下,表示"是",可是他已经没有反应了。

"看,他的嘴唇还在动。"莫德提醒道。

莫德把手放在他的嘴唇上,他嘴唇动了动,她代海狼回答:"是。"

"这也算数吗?"我说,"你可以问他一个用'不'回答的问题。"

"你饿吗?"莫德大叫。海狼的嘴唇动了一下,莫德说:"是。"

"吃点儿牛肉吗?"她接着问。她又回答:"不。""那么肉汁呢?""是。"莫德平静地看着我说,"现在海狼已经听不见我们说话了,以后该怎么交流呢?"

莫德看起来很难过的样子,她扑到我的怀里,我抱住了她。她抽泣着,"这一切要什么时候才能结束?我心里好难过。"

我知道莫德很伤心,便温柔地安慰她一切都会好起来的。她终于振作起来。"很惭愧,我只是一个小女人。"她对我嫣然一笑。

"一个小女人!"我很震惊。这是我私下里偷偷叫她的名字,她怎么会知道?"你是从哪里听来的?"我问。

"什么?"

"一个小女人。"

"这是你说出来的呀!"她回答道。

"不错,是我想出来的。"我有些不好意思。

"你一定是在梦中说出来的。"她笑着说。她的眼中迸发出快乐的光芒。我很想靠近她,但是她摇了摇头,说:"从小,爸爸就是这样叫妈妈的。"

"我也说过呀!"我抗议道。

"你爸爸也是这样叫你妈妈的吗?"她问。

"不。"我回答。她便不再追问了。

我们的工作还没有结束。接下来的几天,我们装上了主桅、各种支索和护桅索。又过了几天,我们挂起了斜桅帆、前帆和主帆。虽然这些帆看起来有些寒碜,可是莫德说:"它们既实用又可靠。"

以前在"恶魔号"上,我读过不少航海方面的书,再加上海狼曾把他发明的星星标尺教给我,因此,我对自己的航海能力还是很有信心的。

至于海狼,他的情况越来越糟糕了。他的耳朵几乎完全听不见声音了,嘴唇也只会轻微地嚅动了。拉好帆的那天,我问他:"你整个人还活着吗?"他回答:"活着。"之后,连嘴唇也不再动了。

海狼的灵魂很可能还在思考,但他的肉体却被牢牢地禁锢了。他和外界的联系已经完全被切断了。

第36章 重获新生（精读）

名家导读

　　船终于修好了，他们启程了离开了这座荒岛。就在"恶魔号"驶向美好的明天时，海狼永远停止了呼吸，那高傲的恶魔终于从这个世界上永远消失了。希望之光在远方向凡·卫登和莫德招手，他们成功地解救了自己，也获得了最后的胜利。

　　船已经完全修好了，我们终于要启程了。虽然"恶魔号"的样子很奇怪，但是我知道，它们都是很实用的。我心里禁不住呐喊："这些都是我做的！"莫德和我想的一样，她笑着说："书呆子，想一想，这些可全是你亲手做的啊！"

　　我回答道："还有你那双灵巧的手也在帮我啊！"

　　她笑了笑，举起手，抱怨道："恐怕再也洗不干净了，上面有风雨摧残的痕迹。"

　　"而这些痕迹都是你的荣耀呀！"我抓住了她的手。

　　我们先挂好帆，接着，用复式滑车把升降索接到绞盘上，主帆也紧跟着升了上去。方法虽然很笨，但前帆也跟着挂好了。

　　"我们不能在这么狭窄的地方起锚，不然船很可能会触礁。"我说。

　　"那我们应该怎么做呢？"莫德问。

　　"先滑出去。"我回答，"我滑时，你先转动绞盘。我马上跑去掌舵，同时你要升起斜桅帆。"

这种方法我已经想过很多次了，我充分相信莫德能把帆张起来。莫德漂亮地完成了任务，回到我身边。她的脸颊因劳累而红润，眼睛还是那么大而明亮，挺俏的鼻子因新鲜的海风而微微翕动。在海湾进口处，当"恶魔号"要冲向岩石时，突然又转入风里，安全驶向了大海，我们终于扬帆远航了！凭借以前学到的航海技术，我现在能够轻松地驾驶"恶魔号"。

船随着波浪上下起伏着，太阳也露出来了，这真是一个好兆头。我们回望着那座求生岛，想起我们俩曾共同生活的那些美好时光，我们一起盖的"海豹屋"，我倒有些恋恋不舍了。"我将永远自豪地记住这个地方。"我说。

莫德像女王般昂起头，说："亲爱的求生岛，我会永远爱你。""我也是。"我跟着说。我们的目光有默契地交汇在一起，我们都不再说话。过了一会儿，我先打破了沉默，"你看天上的乌云，我昨晚就跟你说过气压表正在下降。""太阳也要消失了。"莫德还在望着小岛。"放开帆脚索。我们直奔日本吧！风吹起来了，什么都不害怕了。"我快乐地说。我固定好舵，往前跑去，我要好好利用这风。我负责掌舵，莫德则负责收好绳子、做饭、整理床铺、照顾海狼。

我驾驶了一天一夜，风还在不停地吹着，"恶魔号"的时速在20千米以上。虽然风力是足够，可我的体力却不支了，掌舵36小时已经到了我的极限。我只好在傍晚选择抛锚。

凌晨2点，我总算是成功了。"恶魔号"停稳了，但我也快不行了。本来，莫德给我准备好了饭菜，但我实在太困了，也太累了，手里拿着食物，却打起盹儿来。莫德只好牵着我，从厨房走进房舱，而我毫无知觉。这一觉我足足睡了21个小时。早上7点，我起床了，可是莫德却不见了。

终于，我在海狼的床边找到了她。海狼的脸变得坦然而平静，就像是得到解脱一样。莫德望了我一眼，我明白，他已经死了。

"他的生命不再闪光了。"我说。

"可他依然活在海天之间。"莫德坚定地说道。

"他的意志简直太强大了。"

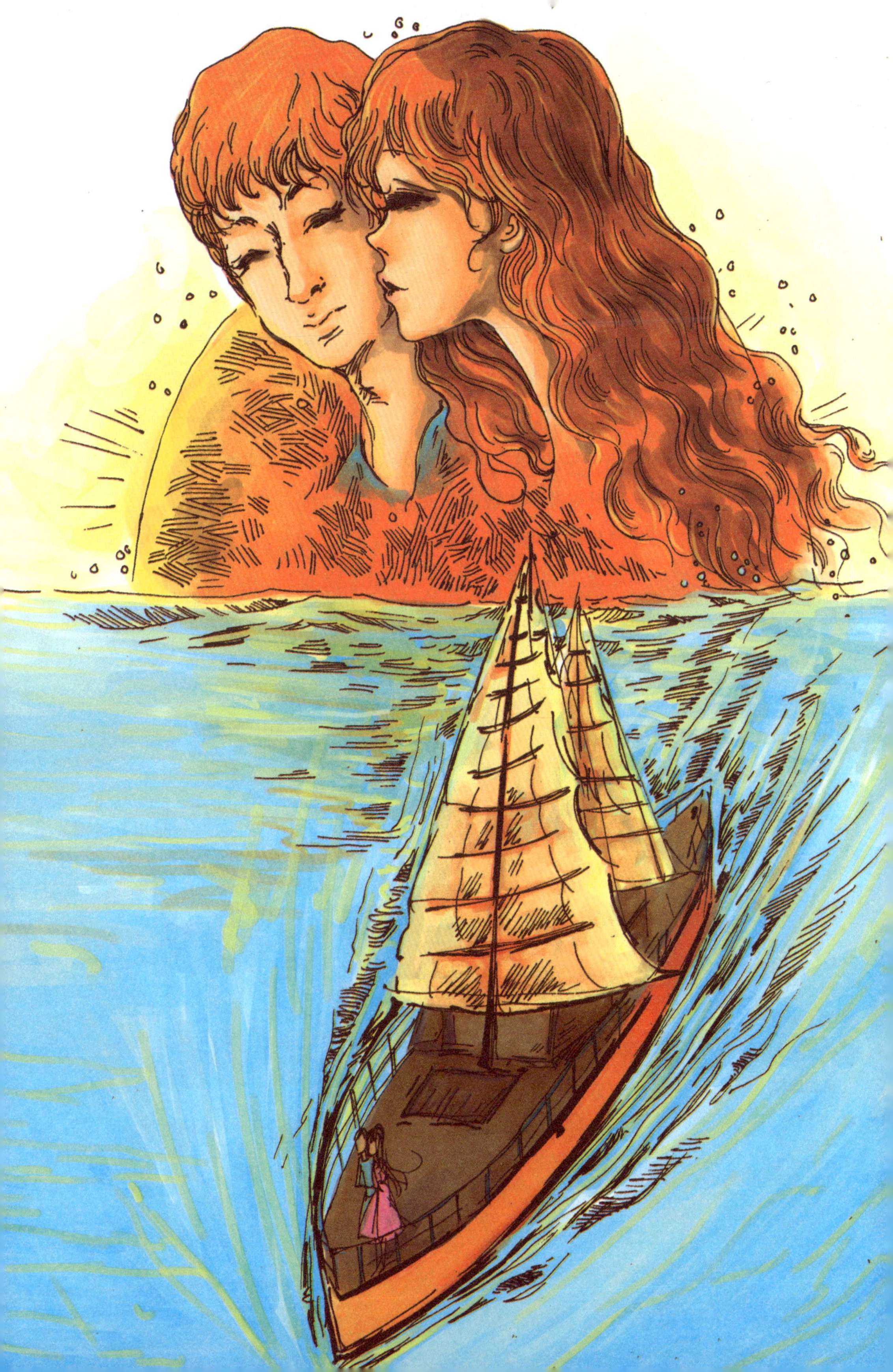

"对，但是他不再受意志的束缚了，他现在是一个自由的灵魂。"莫德回答。

"是的，他自由了。"我拉着莫德，走上甲板。

到了第二天早上，我们把海狼的尸体抬到甲板上。风浪很大，船上涌进了很多水，水已经没到了膝盖的位置。

"'那身体将被扔进大海。'我只记得海葬里祈祷式的一部分。"我郑重地说。

莫德很是吃惊，但这也是我从海狼身上学来的。我举起舱口盖，裹着帆布的尸体就脚朝下地落入了大海，沉了下去。

"再见吧，魔王！高傲的灵魂！"莫德的声音很低，低得快要被风声给盖住了。

然后，我们向船后走去。突然，在不远处，我看到有一艘小汽轮在海上起伏着，正朝我们这边驶来。我急忙拿来旗帜，想要求助，却发现自己忘了准备升旗的绳子。

"不需要海难的旗帜，他们一看就会明白的。"莫德说。

"我想我们得救了！"我严肃地说，接着，我高兴得叫了起来，"我都不知道是喜还是悲了。"

我情不自禁地吻了她，我回想起了逃离的那晚，她把手放在我的嘴唇上，说："不要说。"

"我的小女人。"我轻轻抚摸着她的肩。

"我的爱人。"她抬起头，看了我一眼，又低下了头，闭上眼睛，轻轻地靠到我的怀里。

我再次望向那艘汽轮。它放下了一只小艇，朝我们这边驶过来。

"在他们来之前，我想再吻一下你，亲爱的！"我轻声说。

"我们救了自己。"她露出灿烂的笑靥，在此之前，我从没见过这么美的笑容。

阅读理解
最后，海狼还是走向了毁灭，这也暗喻野蛮世界的覆灭。

阅读理解
"我"重获新生，这是对现代文明的褒扬。

名家点拨

海狼死了,带着他高傲的灵魂,死亡对于他来说,是自由、是永生。他的灵魂和肉体融入了大海之中,这才是他最终的归属。凡·卫登为海狼举行了和第一个大副一样的海葬,把海狼送回了真正属于他的世界,他是属于大海的。而凡·卫登和莫德重获了新生,文明最终胜利,展现出美丽的光彩。